风与树的歌

安房直子经典童话

［日］安房直子 著

彭懿 译

少年儿童出版社

果麦文化 出品

目　录

狐狸的窗户 / 001

花椒娃娃 / 013

天空颜色的摇椅 / 031

鼹鼠挖的深井 / 047

鸟 / 061

雨点儿和温柔的女孩 / 079

夕阳之国 / 095

谁也不知道的时间 / 115

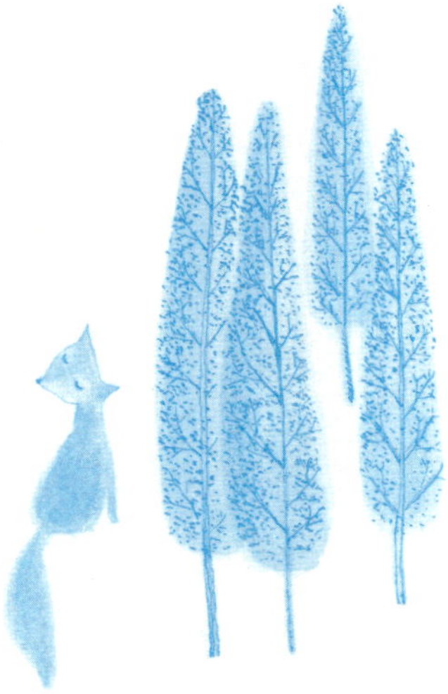

狐狸的窗户

桔梗花异口同声地说：
染染你的手指吧，再用它们搭成一扇窗户。
我采了一大捧桔梗花，
用它们的浆汁，染了我的手指。
然后，喂，您看呀——

是什么时候了呢？是我在山道上迷路时发生的事。我要回自己的山小屋去，一个人扛着长枪，精神恍惚地走在走惯了的山道上。是的，那一刻，我是彻底地精神恍惚了。我不知怎么会胡思乱想起过去一个特别喜欢的女孩子来了。

当我在山道上转过一个弯时，突然间，天空一下子亮得刺眼，简直就好像是被擦亮的蓝玻璃一样……于是，地面上不知为什么，也呈现出一片浅浅的蓝色。

"哎？"

一刹那间，我惊呆了。眨了两下眼，啊呀，那边不是往常看惯的杉树林了，是一片一眼望不到头的原野。而且，还是一片蓝色的桔梗花田。

我连大气也不敢喘。自己究竟在什么地方走错了，竟冷不防闯到这么一个地方来了？再说，这山里曾经有过这样的花田吗？

（立刻返回去！）

我命令自己道。那景色美得有些过分了，不知为什么，让人望而生畏了。

可是，那里吹着让人心旷神怡的风，桔梗花田一直延伸到天边。就这么返回去，未免有点让人觉得惋惜了。

"就稍稍歇一会儿吧！"

我在那里坐了下来，擦去汗水。

就在这时，有一团白色的东西，唰地一下从我的眼前跑了过去。我猛地站了起来，只见桔梗花"唰唰"地摇出了一条长线，那白色的生灵像个滚动的球似的，向前飞跑。

没错，是一只白狐狸。还是个幼崽。我抱着长枪，在后面紧追不舍。

不过，它速度之快，就是我拼死追也追不上。砰，给它一枪打死倒是简单，但我想找到狐狸的老窝。那样，我就能逮住里面的一对老狐狸了。但小狐狸跑到了一个稍高一点的地方，我还以为它突然钻进了花里，它却就此消失了。

我一下子愣住了，简直就仿佛看丢了白天的月亮一样。真行，硬是巧妙地把我给甩掉了。

这时，从后面响起了一个怪里怪气的声音：

"欢迎您来！"

吓了一跳，我回头一看，身后是一家小店，门口有块用蓝字写的招牌：

印染·桔梗屋

在那块招牌下面，孤单单地站着一个系着藏青色围裙，还是个孩子的店员。我顿时就明白是怎么一回事了。

（哈哈哈，是方才那只小狐狸变的！）

我心里觉得好笑极了，好吧，我想，我就假装没有识破，逮住这只狐狸吧。于是，我强挤出一脸笑容说：

"能让我歇一会儿吗？"

变成了店员的小狐狸甜甜地一笑，给我带路：

"请，请。"

店里面没铺地板，泥土地上摆着五把白桦木做的椅子，还有一张挺好看的桌子。

"挺不错的店嘛！"

我坐到了椅子上面，摘下帽子。

"是吗，托您的福了。"

狐狸恭恭敬敬地端来了茶水。

"叫染屋，那么，染什么东西呢？"

我带着半是嘲笑的口气问道。想不到，狐狸出其不意地把桌子上我那顶帽子抓了起来，说：

"什么都染。这顶帽子就能染成漂亮的蓝色。"

"真——不像话！"

我慌忙把帽子夺了回来。

"我可不想戴什么蓝色的帽子！"

"是这样啊，那么……"

狐狸从我的上身看到下身，这样说道：

"这条围脖怎么样？还是袜子？裤子、上衣、毛衣都能染成好看的蓝色啊！"

我脸上显出讨厌的神色。这家伙，在说什么呀，人家的东西怎么什么都想染一染呀，我发火了。

不过，大概狐狸和人一样吧，狐狸一定是想得到报酬吧？也就是说，是拿我当成顾客来对待了吧？

我点点头。我想，茶都给倒了，不染点什么，也对不住人家啊。要不就染染手绢吧，我把手往兜里伸去，这时，狐狸发出了一声刺耳的尖叫：

"对了对了，就染染您的手指吧！"

"手指？"

我不由得怒上心头：

"染手指怎么受得了？"

可狐狸却微微一笑：

"我说呀，客人，染手指可是一件非常美好的事啊！"

说完，狐狸把两手在我眼前摊开了。

白白的两只小手，唯独大拇指和食指染成了蓝色。狐狸把两只手靠到一起，用染成蓝色的四根手指，搭成了一扇菱形的窗户。然后，把这个窗户架到了我的眼睛上。

"喂，请朝里看一眼。"

狐狸快乐地说。

"唔唔？"

我发出了不感兴趣的声音。

"就看一下。"

于是，我勉勉强强地朝窗户里看去。这一看，让我大吃一惊。

手指搭成的小窗户里，映出了一只白色狐狸的身姿，那是一只美丽的雌狐狸，竖着尾巴，一动不动地坐在那里。看上去，宛如在窗户上贴了一张狐狸的画。

"这、这究竟是……"

我由于过度吃惊，竟发不出声音了。狐狸只说了一句：

"这是我妈妈。"

"……"

"很久很久以前，被'砰——'地打死了。"

"砰——是枪吗？"

"是，是枪。"

狐狸的双手轻轻地垂了下来，低下了头，没发觉自己的真面目已经暴露了，不停地说了下去：

"尽管这样，我还是想再见到妈妈。哪怕就是一次，也想再见

到死去的妈妈的样子。这就是你们所说的人情吧？"

我连连点头称是，心想，这话怎么越说越悲伤了？

"后来，仍然是这样一个秋日，风呼呼地吹，桔梗花异口同声地说：染染你的手指吧，再用它们搭成一扇窗户。我采了一大捧桔梗花，用它们的浆汁，染了我的手指。然后，喂，您看呀——"

狐狸伸出两只手，又搭起了窗户。

"我已经不再寂寞了。不论什么时候，我都能从这扇窗户里看到妈妈的身影了。"

我是彻底被感动了，不住地点头。其实，我也是孤零零的一个人。

"我也想要这样一扇窗户啊！"

我发出了孩子一般的声音。于是，狐狸脸上露出了灿烂的笑容。

"那样的话，我马上就给您染吧！请把手放在那里摊开。"

我把双手搁到了桌子上。狐狸把盛着花的浆汁的盘子和毛笔拿了过来。然后，用蘸满了蓝水的毛笔，慢慢地、细心地染起我的手指来。很快，我的大拇指和食指就被染成了桔梗的颜色。

"啊，染好了。您快点搭成一扇窗户看看吧！"

我的心怦怦直跳，搭起了一扇菱形的窗户。然后，忐忑不安地把它架到了眼睛上。

于是，我的那扇小窗户里，映出了一个少女的身姿，穿着花样的连衣裙，戴着一顶扎有缎带的帽子。这是一张我似曾见过的脸。她眼睛下面，有一粒黑痣。

"哟，这不是那孩子吗？"

我跳了起来。是我过去最最喜欢,而现在再也不可能见到了的那个少女呀。

"喂,染手指,是一件美好的事吧?"

狐狸天真无邪地笑开了颜。

"啊啊,太美好啦。"

我想表示谢意,就去摸裤子的口袋,可是口袋里一分钱也没有。我就对狐狸这样说:

"真不巧,一分钱也没有。这样吧,我的东西,你要什么我给你什么。帽子也行,上衣也行,毛衣也行,围脖也行……"

于是狐狸说:

"那么,请把枪给我。"

"枪?这……"

我有点为难了。但一想到刚刚得到的那扇美丽的窗户,一杆枪,也就不值得惋惜了。

"好吧,给你吧!"

我大方地把枪给了狐狸。

"多谢您了。"

狐狸匆忙鞠了一躬,收下了我的枪,还送给我一些蕈朴什么的做礼物。

"请今晚烧点汤喝吧。"

蕈朴已经用塑料袋装好了。

我问狐狸回家的路。什么呀,狐狸说,店后面就是杉树林,在林子里走上二百来米,就是您那小屋了。我谢过他,就按他说的,绕到了店的后面。在那里,我看到了那片早已熟悉的杉树林。秋天的阳光直泻下来，林子里充满了暖意，静极了。

"啊！"

我禁不住发出了赞叹的声音。本以为对这座山已经了如指掌了，想不到还有这样一条秘道。此外，还有那么美丽的花田、亲切的狐狸小店……我的心情变得好极了，竟哼起鼻歌来了。一边走着，还一边用双手搭起了窗户。

这一回，窗户里下起了雨。茫茫一片，是无声的雾雨。

随后，在雾雨深处，一个我一直深情眷恋着的庭院模模糊糊地出现了。面对庭院的，是一条旧旧的走廊。下面扔着孩子的长筒靴，任雨淋着。

（那是我的哦。）

我猛地记了起来。于是，我的心怦怦地跳开了，我想，我妈妈这会儿会不会出来拾起长筒靴呢？穿着那件做饭时穿的罩衫，头上扎着白色的布手巾……

"哎呀，这可不行噢，乱扔一气。"

我好像听到了这样的声音。庭院里，是妈妈的一块小小的菜园子，那一片绿紫苏，显然也被雨淋湿了。啊啊，妈妈会到院子里来摘那叶子吧……

屋子里透出了一线亮光。开着灯。夹杂着收音机的音乐，不时地听到两个孩子的笑声。那一个是我的声音，还有一个，是我那死去的妹妹的声音……

唉——一声长叹，我把双手垂了下来。怎么搞的，我竟悲痛欲绝起来。还是个孩子的时候，一场大火烧毁了我们的家。这个庭院，现在早就没有了。

尽管如此，可我却拥有了了不得的手指啊！我要永远珍爱这手指，我一边想，一边走在林间的道上。

可是，一回到小屋，我首先做的是一件什么事呢？

啊啊，我竟完全无意识地洗了手！这是我多年来的一个习惯。

不好，当我意识到的时候，已经太晚了。蓝蓝的颜色马上就被洗掉了。不管我怎样用洗过的手指搭成一扇菱形的窗户，从里面只能看到小屋的天花板。

那天晚上，我也忘记吃狐狸送给我的蕈朴了，垂头丧气地耷拉着脑袋。

第二天，我决定再到狐狸家去一趟，重染一遍手指。作为报酬，我做了好些三明治，往杉树林里走去。

然而，在杉树林里怎么走，都还是杉树林，哪里也没有什么桔梗花田。

后来，我在山里找了许多天。稍稍听到了一声像是狐狸的叫声，林子里哪怕是有一团白色的影子闪过，我都会竖耳聆听，凝神朝那个方向寻去。但是，从那以后，我再也没有遇见过狐狸。

虽说如此，我还是常常会用手指搭成一扇窗户。我想，说不定会看到点什么呢。常有人嘲笑我，你怎么有这个怪癖？

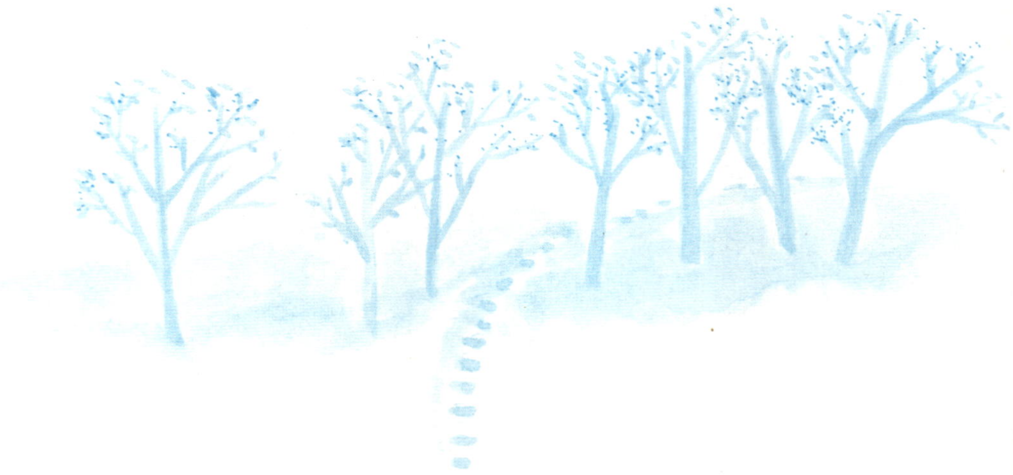

花椒娃娃

被早上的光一照,被雨淋湿了的树木发出了耀眼的光芒。直到这个时候,花椒娃娃才头一次发现自己的身子已经完全变成透明的了。

花椒娃娃住在花椒树里。虽说她穿着绿色的粗布和服，光着脚丫，头发又是乱蓬蓬的，但却是一个非常可爱的女孩子。

那棵花椒树，长在一个穷苦农民的田当中。

"这树也太碍事了，砍了吧？"

穷苦农民说。

"是呀，要是没有这棵树，还可以再多种一点青菜呢！"

穷苦农民的妻子回答道。

"可是娘，要是把树给砍了，那不就吃不到凉拌嫩芽了吗？"

说这话的，是他们那个叫铃菜的女儿。

"就是就是。"

妻子点了点头。

"那实在是太好吃了啊！"

是啊。花椒的新叶，会给春天的菜添上一股特别好闻的香味。不过，铃菜其实并不是真的想吃凉拌嫩芽才说这话的，她是怕砍了树，花椒娃娃就死了。

花椒树下面，紫苜蓿铺成了一片小小的地毯。那里，就是铃菜游戏的地方。铃菜总是铺上一块绽了线的草席，把空瓶子、空罐头盒、缺了口的盘子排列到一起，玩过家家的游戏。游戏的伙伴，是茶店的三太郎。这个男孩子，不是欢天喜地地当铃菜的客人，就是当"爸爸"，有时还会玩上一整天。

花椒的新叶一搁到了白色的盘子上，就变成了美丽的鱼，就变成了香气扑鼻的绿色的米饭。

"可是，就没有别的菜吗？总是叶子也太没意思了！"

一天，铃菜晃了晃短发，这样说道。然后，她就凑到了三太郎的耳朵边上，悄悄地耳语道：

"喂，菠菜怎么样？"

两个人的四周，就是菠菜田。三太郎的眼珠子滴溜溜地转了一圈。身边那深绿色的锯齿形的叶子，在风中摇晃着。要是把它剁碎了，配上蒲公英煎鸡蛋，那可是一道相当漂亮的菜啊！三太郎点了点头。

"拔一片吧！"

铃菜捅了三太郎一下。

"可是……你爹不会发火吗？"

"没事。这会儿他正背对着我们哪！"

铃菜的爸爸正在一个稍远的地方，背对着他们在干活儿。

"快、快！"

铃菜催促道。于是，三太郎就伸出手去拔了一片。想不到，竟拔出来一整棵！铃菜把它接了过来，放到了一块小小的切菜板的边上。

"干什么！"

这时，传来了吓人的吼声。铃菜的爸爸转过身来，一张脸可怕得要命。

"逃呀！"

三太郎叫道。两人"嗖"地一蹿而起，像兔子似的跑了起来。

窄窄的田间小道上，两个人排成一列，"吧嗒吧嗒"不停地跑着，不一会儿，就跑到了巴士站前头一个小小的茶店。那儿，三太郎的妈妈把和服的长袖用带子系到了身后，正在起劲儿地做丸子。

"啊——呀！"

"啊——呀！"

两个人怪声怪气地叫着，一坐到茶店的椅子上，就一边呼哧呼哧地喘着气，一边吃起刚出锅的甜丸子来了。

再说那边目送着两个人的背影渐渐远去的铃菜爸爸，说了声"这两个孩子"，正要接着干活儿，却发现从不可能有人的花椒树下，传出来一阵窸窸窣窣的声音。他猛一回头，天呀，花椒娃娃正一个人端端正正地坐在草席上，在剁菠菜那红色的根。

"哎？"

铃菜爸爸眨巴着眼睛。

"你是谁呀？"

花椒娃娃冲他吐出了红舌头。

花椒娃娃喜欢小布袋。所以铃菜玩小布袋的时候，她总是在树上看着。

"一个人没意思，两个人一起去吧，
望不到头的，马兰头和蒲公英。
妹妹喜欢的，紫罗兰花，
油菜花开了，温柔的蝴蝶，
九是米店，十是打招呼。"

铃菜唱了一遍又一遍。一共只有五个小布袋，可到了铃菜那两只小手里，看上去就像是有十个、二十个似的。花椒娃娃觉得好玩极了。

阳光下，铃菜鼓起圆圆的小脸蛋，入迷地扔着小布袋。

"一个人没意思，两个人一起去吧，
望不到头的，马兰头和蒲公英。"

可是，明明没刮风，铃菜的小布袋不知为什么突然七零八落地散了一地。而且，掉到草席上的小布袋，只有四个。怎么数，也是少了一个。铃菜朝四周看去。

"挂在树上了吧？"

她抬头朝花椒树上看去。可树上只有小小的新叶闪烁着晶莹的光。

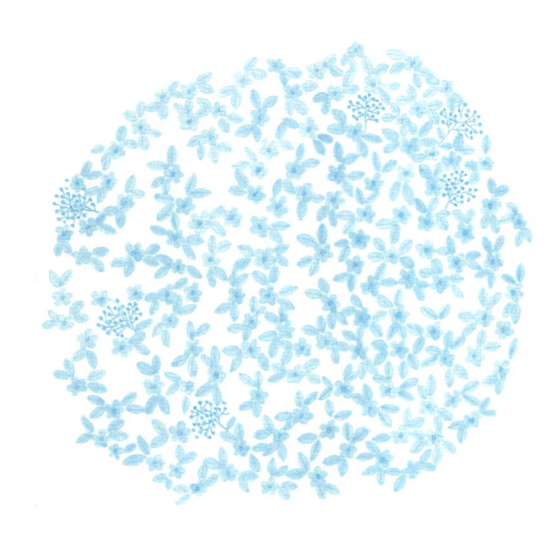

这样的事，发生了好几次。

"真拿你这孩子没办法，缝几个你丢几个！"

妈妈嘟囔归嘟囔，还是又给她缝了新的小布袋。小布袋是用各种各样的碎布拼成的，里头装了一小把小豆。

"这回可要当心啊！"

被这么一说，铃菜顿时就又无精打采了，她琢磨开了：

（怎么会没了呢？）

她就是做梦，也想不到是花椒娃娃干的啊！

黄昏。

花椒娃娃坐在一个人也没有的菠菜田的正当中。沐浴着红色的夕阳，五颜六色的小布袋上下飞舞。

"一个人没意思，两个人一起去吧，
望不到头的，马兰头和蒲公英。
妹妹喜欢的，紫罗兰花，
油菜花开了，温柔的蝴蝶，
九是米店，十是打招呼。"

这歌声，与铃菜的像极了。还有那抛接小布袋的手的动作，也和铃菜的一模一样。

一天偷一个，花椒娃娃已经有十个、二十个小布袋了。花椒娃娃把它们都小心地藏到了一个秘密的地方。

有一天,花椒娃娃到三太郎家的茶店里来了。她坐到细细长长的木椅上,叫道:

"请来一盘丸子。"

因为这声音太像铃菜了,在里头忙着煮小豆的三太郎妈妈就对三太郎说道:"铃菜来吃丸子了,你给她端过去。"

"哎?真的吗?"

三太郎蹦了起来。他盛了满满一盘子丸子,欢欣雀跃地冲进了店里。

"欢迎——"

可笑嘻嘻的三太郎抬头一看,只见一个小小的女孩,穿着绿色的和服,一本正经地坐在那里。

"你是谁呀?"

三太郎愣住了,他问。想不到,花椒娃娃冲他鞠了一个躬。于是,三太郎就想:

(啊,是邻村的孩子吧?一定是坐巴士来的。妈妈去办事了,让她等在这里。这种事常有的啊。)

三太郎笑了,把盘子小心地放到了女孩子的面前。想不到,花椒娃娃又冲他鞠了一个躬,就香甜地吃了起来。

可是,三太郎的目光稍稍离开了那么一会儿,这个怪怪的客人就从店里消失了。吃得干干净净的盘子上面,落着小小的绿树叶。

第二天,三太郎对铃菜说了这事。

"啊呀,那肯定是花椒娃娃!"

铃菜说。

"花椒娃娃常常这样恶作剧的!三太郎,你被骗嘴吃了,哈哈。"

铃菜笑弯了腰。三太郎有点不开心了:

"你那么说,可是铃菜,你见过花椒娃娃吗?"

"……"

铃菜摇了摇头。

"这不得了,连见都没有见过,你怎么知道?"

"你说花椒娃娃穿着绿和服?"

"哈哈,那是我瞎说的。花椒娃娃是一股绿色的烟雾。她怎么会打扮成人的样子?"

两个人这样说了好久、好久。

日子慢吞吞地过去了。山也好,田也好,还是过去那个老样子,可是孩子们却长大了。

三太郎、铃菜也长成了大人。三太郎长成了一个俊小伙子,铃菜长成了一个漂亮的大姑娘。于是,村民们就想开了。

(铃菜早晚是要成为茶店的媳妇了。)

再说那个花椒娃娃,她也长成一个大人了。个子一天天长高,绿色的和服一天天短了起来。到了完全长成了大人的那一天,人眼突然就看不见她的身子了。这是因为树精一长成大人,身子就变得完全透明了。

花椒娃娃变成了淡绿色的光。

可是，花椒娃娃还没有发现自己的变化，以为自己还是个女孩子的样子，什么地方都能去呢。就连成为了大人这件事，她也不是很明白。

（我又想吃丸子了……）

其实，是花椒娃娃有点喜欢上茶店的三太郎了。

（想成为朋友啊，送点什么礼物好呢？）

春天一个烟霭弥漫的黄昏，花椒娃娃哼了起来：

"一个人没意思，两个人一起去吧，
望不到头的，马兰头和蒲公英……"

这样有一天，一辆巴士停在了茶店前面，从车上下来一个陌生的大婶。这个和服外面罩了一件黑色外褂，手上拎着一个塑料手提包的大婶，毫无顾忌地走进茶店，打听起铃菜的家来了。三太郎朝碧绿的麦田对面一指，那里露出草房子的一个尖。

"从没见过这个人，是谁呢？"

瞅着她背后的身影，茶店里的客人悄声说道。

"管她呢！"

三太郎没有好气地答道。不过，他有点明白过来了，那个大婶，大概是来给铃菜说媒的媒婆吧？他早就知道这事迟早是会发生的。

后面的几天里，三太郎又看见那个大婶下了巴士，匆匆忙忙地去了铃菜家好几次。每看见一次，三太郎的心头就会一沉，充满了悲哀。

渐渐地，铃菜不再来茶店了。即使是在路上碰到了，也会突然低下头……

"铃菜要嫁人了。"

"是邻村的一个大富豪。"

"是一个光谷仓就有二十座的大户人家呀！"

"不得了啊！"

"那姑娘是个美人嘛！"

不知不觉地，这样的传闻就在村子里流传开来了。三太郎用两手捂住耳朵，呆呆地瞅着远山。

（铃菜这回要变成一个有钱人了。）

与此相反，三太郎家却一天比一天贫穷下来了。母亲的身体急剧衰弱，自从三太郎接手茶店以来，就没有一件事是顺利的。边上又开出一家新店，客人都被抢了过去；一场暴风雨，把屋顶也给刮走了……加上三太郎又不会做生意。这一阵子，连做丸子用的小豆，也买不起了。终于有那么一天，茶店的特产丸子再也不见了。

春天，村子被温柔的新叶裹住了。

"新娘子过来了。"

"新娘子过来了。"

孩子们欢闹的声音，在村道上回响着。新娘子要骑马去邻村了。马上拴着一个大大的铃铛，它那丁零丁零的声音，从老远老远的地方传了过来。新娘子要从茶店前头经过，然后穿过白色的土路，消失在那座发黑的大山后面。

三太郎也挤在厚厚的人墙中，目送着新娘子的队伍。

新娘子低着头，脸被白面红里的头纱给遮住了，看不大清楚。不过，穿着美丽的和服的铃菜，就宛如一个偶人。

"铃菜！"

三太郎悄悄地喊了一声。可是，盛装的新娘子连看也没朝这边看一眼。他不由得悲伤起来，不知为什么，这队伍就仿佛是下雨天的月亮的队伍似的，走了过去。远去的铃声，永远地留在了三太郎的耳畔。

花椒娃娃在人群中，一直盯着三太郎。

"三太郎！"

花椒娃娃叫了好几次，可三太郎光顾着踮起脚尖看新娘子去了，头一次也没回过。

"唉——"轻轻地叹了一口气，花椒娃娃无精打采地回家了。她一点都不知道，别人已经看不见自己的身子了。然后，三太郎也叹了一口气，回茶店了。

就是那天晚上的事情。

有人"咚咚"地敲响了茶店的门。

"谁呀？"

三太郎问道。

"三太郎。"

一个轻轻的声音。三太郎吃了一惊，因为这太像铃菜的声音了。

现在怎么会？那个女孩已经去了遥远的地方……三太郎又一次竖起了耳朵。

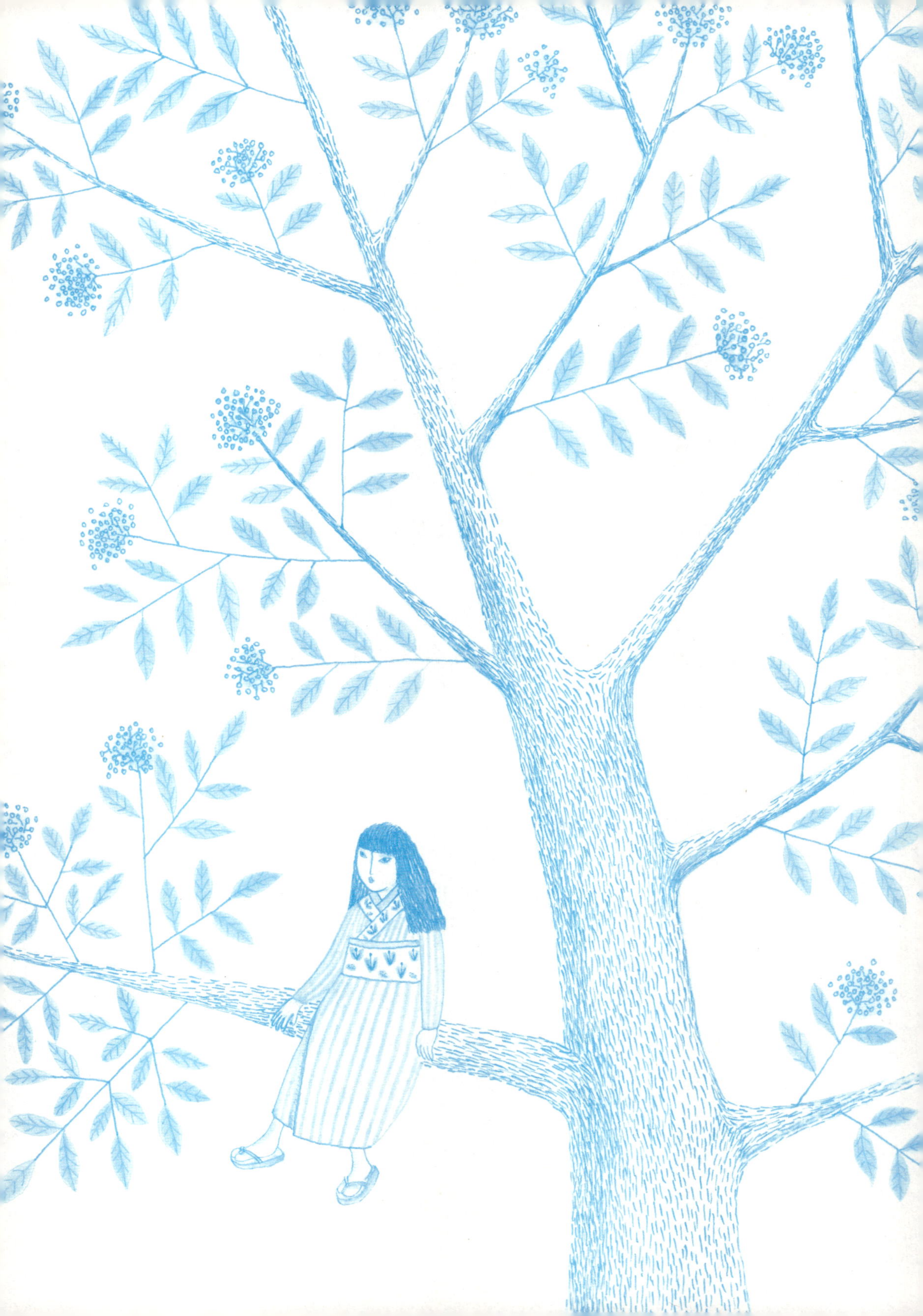

"三太郎,三太郎。"

三太郎的手哆嗦着,悄悄地打开了门。

迷迷蒙蒙的春风和白色的月光一起吹了进来。外面一个人也没有。被月光一照,四下里呈现出一种淡淡的、不可思议的绿色。

"谁呀?"

三太郎用嘶哑的声音又问了一遍。然后,目光一下子落到了地上,只见脚下搁着一个箱子。他蹲了下来,一看,箱子里装的竟是一大堆小布袋!五颜六色的小布袋,就像温柔的水果一样,静静地躺在里面。三太郎就那么蹲着,伸手拿起来一个。这布怎么这么眼熟啊,啊啊,这不是从前铃菜和服的花纹吗……

(哎哎?)

三太郎怔住了,再次把头抬了起来。不知是从什么地方,远远地、远远地飘来了铃菜那清脆的歌声……不,也许是心理作用吧?

一看到这满满一箱子小布袋,三太郎的妈妈眼睛都放光了:

"啊啊,这一定是福神赐给我们的啊!"

"……"

三太郎目瞪口呆地看着妈妈。妈妈拿起一个红色的小布袋,放到了手掌上。

"瞧吧,这里头一定塞满了小豆!"

妈妈的脸,焕发出一种异样的红光。

"好了,把它们全都拆开,把小豆倒出来吧!隔了这么些日子,让我再做一次丸子吧!"

妈妈把和服的长袖用带子系到身后,取来了剪子。

不出所料,小布袋里塞满了鲜红的小豆。

妈妈煮起小豆来了。三太郎再用一把旧的研磨杵把它们磨碎。许久没有这么快乐地干活儿了，他们一直干到天亮。

有丸子

白纸黑字，贴在了茶店的入口。

"嘿，好久没有卖过了！"

"去吃一盘子！"

等巴士的人们走进了店里。没多久，又换成了从巴士下来的乘客。中午来的是村公所的人，而到了傍晚，则是从田里收工回来的农民……

茶店又像从前那样，不，比从前更加兴旺了。而且，最不可思议的是，那小豆不管怎么用，就是用不完。

"这绝对是福神的礼物。"

茶店老板娘说。

"兴许是吧。"

而这时儿子三太郎，正呆呆地眺望着村子尽头的那座大山。

五月的雨，下了一天都没有停过。

这天夜里，又有谁来敲门了。

"三太郎、三太郎。"

三太郎吃了一惊，就是那天的那个声音。

"谁、谁呀？"

咽了一口唾沫，三太郎正要开门，猛地冒出来这样一个念头：

（这大概是谁在和我恶作剧吧？是狐狸，还是狸猫？要不是它们，就是小鬼或者是河童了吧？）

于是，三太郎就把嘴贴到了门上，突然大声叫道：

"是谁在用铃菜的声音叫啊？那女孩已经去了遥远的地方呀！"

听了这话，立在门外的花椒娃娃不由得大吃一惊。

（用铃菜的声音在叫？我是在用自己的声音在叫呀，我没有模仿铃菜呀。）

可是，不管她怎么叫怎么敲，茶店的门就是不开。

（那么宝贝的小布袋都送给你了……）

花椒娃娃轻声嘀咕道。

花椒娃娃一直蹲在茶店的前面。天亮了，雨停了，四下里变得明亮起来了。花椒娃娃的心，像碾碎了的花。

不久，被早上的光一照，被雨淋湿了的树木发出了耀眼的光芒。直到这个时候，花椒娃娃才头一次发现自己的身子已经完全变成透明的了。

（为什么？什么时候？）

因为惊吓过度，花椒娃娃连声音都发不出来了。身子一下子变轻了，她觉得自己随时随地都会呼地一下飘起来。这是一种从未有过的感觉。

这时，吹过一阵小风。

（啊啊，我能乘风而去了。）

花椒娃娃突然这样想。随后，她就站了起来，稍稍踮了踮脚……只是这样一个动作，花椒娃娃就已经轻轻地乘风飘了起来。

风向南方吹去。越过大山，越过一个个村庄，一直向大海吹去。风说："要去很远的地方哟，途中可下不来了哟。你还去吗？"

"嗯。我想走得远远的。"

花椒娃娃强忍悲伤，笑着答道。风点了点头，带着花椒娃娃沙沙地跑远了。

后来，花椒娃娃再也没有回来过。

铃菜家的那棵花椒树，不久就枯死了。

"这棵树，到底还是枯死了。"农民说。

"那不是正好吗？先前你不是还嫌它碍事吗？"他妻子说。

枯死的花椒树被掘了出来，扔到了路边。剩下的，是一片碧绿碧绿的菠菜田了。

茶店三太郎的妈妈发现了这棵被扔到一边的树，停住了脚步。

"喔唷，这不是花椒树吗？我拿一段，做一个好东西吧！"

她连忙返了回去，拿来了锯子，锯下一段带刺的树干，然后又匆匆地回到了茶店。

"三太郎，我找到好东西了哟！有新的研磨杵了哟！"

她叫了起来。

就这样，花椒树最后变成了一根研磨杵。

研磨杵一天又一天地磨着小豆。此外，它还磨芝麻、磨酱，有时它还被用来代替擀面杖，把揉好的面擀成薄薄的一片。而每当这个时候,研磨杵就会唱起歌来。

　　也许,从研钵底下诞生的这稚气的童谣,是乘风而去的花椒娃娃的遥远的歌声。

天空颜色的摇椅

男孩点点头。

然后,在门口悄悄地对女孩说:

"我是风孩子啊。

到了秋天说再见的时候,

不是会吹过一阵温柔、舒适的风吗?

那就是我哟!"

1

故事发生在北方一个土豆和牛奶特别好吃的小镇上。

这个小镇的边上,住着一个年轻的椅子匠和他的妻子。他打的椅子,把把结实不说,坐上去还特别舒服。

有一天,这个椅子匠打了一把小巧玲珑的摇椅。

"呀,多好看的椅子。谁订的?"

妻子一边炖土豆,一边询问。

"谁的?你的,我们家的呀!"

"我们家的?可是,究竟谁坐啊?"

"孩子坐呗。"

椅子匠开心地回答。

妻子就快要生孩子了。

"你坐一下试试看。"

椅子匠心情愉快地说道。妻子轻轻地坐了上去。

"啊,好舒服……"

摇啊摇,妻子一边摇着椅子,一边陶醉地眺望着天空。

孩子出生的前一天,椅子匠两眼放光地问妻子:

"你说,那把椅子涂成什么颜色呢?"

"什么颜色呢,红的好啊!"

妻子回答。椅子匠想,明天去买一桶像刚刚绽开的红玫瑰那样的红漆吧!

2

天空格外蓝的日子,媳妇生下一个女孩。

可悲惨的是,这孩子眼睛失明。椅子匠知道了,连忙叫来了镇子上的医生。医生看了老半天,说是天生的双目失明,治不了,就回家了。

椅子匠和妻子哭了。哭了一天又一天。

直到镇上的人们来催要新椅子了,两个人的泪水才总算是止住了。

3

秋天快要结束的一天,椅子匠在送完椅子回来的路上,一下子又想起了那把摇椅。

"还没涂漆哪!"

椅子匠嘟囔了一句。可是,一想到不管是涂了什么样好看的红漆,那孩子也看不见,就伤心到了极点。昨天,妻子已经说过了:

"这孩子什么也看不见啊。不管是什么样美丽的花的颜色、水的颜色、天空的颜色,都看不见啊!"

"天空的颜色……"

椅子匠重复了一遍。天是那样的碧蓝。椅子匠在一棵枯树底下眯缝起眼睛,仰望着天空。然后他就想,如果只告诉那孩子一种颜色，就告诉她天空的颜色。

就在这时，椅子匠背后传来了窸窸窣窣的声响。接着，他就听到了一个孩子的声音。

"叔叔。"

椅子匠扭头一看，就在身后那棵近在咫尺的树底下，孤零零地坐着一个小男孩，他几乎要被落叶给埋起来了。那孩子虽然那么小，却在用颜料画着画。

"没见过你嘛，是谁家的孩子啊？"

椅子匠问。那孩子嘻嘻一笑：

"我在画画哪。"

回答得驴唇不对马嘴。

"那么，画的什么呢？"

椅子匠在男孩的边上蹲了下来，朝画纸上看去。然后，他愣住了。画纸上全部涂成了蓝色。

"这也不是画呀！"

"是画呀！天空的画呀！"

"天空的画！"

椅子匠又吃了一惊。不过，的确是一幅天空的画啊！画上的蓝色，与那天的天空完全是一样的颜色。

"我懂了，画得真是不错。"

椅子匠说。那蓝色，越看越和真正的天空的颜色一样。那蓝色，仿佛是渗到了心底。就是闭上眼睛，眼前也是一片蓝色的天空。

"我说……"

这时，椅子匠冒出来一个好主意。

"你那蓝色的颜料，能不能分给我一点？"

"为什么？"

"涂椅子。"

"为什么要用蓝色的颜料涂呢？"

于是，椅子匠就把自己那双目失明的女儿的事，讲给了他听。接着，他又说，想告诉那孩子天空是一种什么样的颜色。

"我知道了。给你吧！不过，今天我只带了这么一点。"

男孩举起一个小瓶给他看。里头真的只剩下一点点溶开的蓝颜料了。

"叔叔，明天行吗？"

"啊，行啊。"

"要是明天是好天，我还来这里呀。"

男孩说。

"叔叔,要是明天早上出了太阳,你就拿着瓶子和毛笔到这里来吧!"

"知道了。要是出了太阳,就拿着瓶子和毛笔到这里来。"

就这样,椅子匠和这个神秘的男孩分了手。

4

第二天早上,当一道阳光从窗户缝里射进来时,椅子匠捧着空瓶子和毛笔,走向原野。昨天的那棵树下,昨天的那个孩子正端坐着。

"早上好。"

椅子匠说。

"早上好。真是一个好天气呀。"

"是啊。"

"瓶子拿来了吗?"

椅子匠把小心捧着的瓶子和毛笔,默默地往前一推。

"那么,就开始工作吧!"

"工作?"

"是的,是非常费劲儿的工作呀。"

说完,男孩就从衣服的兜里掏出来一根透明的三角棒。椅子匠见了,忙说:

"我说,我是来要颜料的呀!"

可那个男孩却用一双明亮的眼睛笑了起来。

"可是,叔叔不是想要天空的颜色吗?真正的天空的颜色,是要从天上拿的呀！"

男孩从另一个兜里，掏出一块雪白的手帕，铺到了草上。然后，就把那根玻璃棒对着太阳举了起来。

于是发生了什么呢？白色的手帕上，不就出现了一道小小的彩虹吗？

"叔叔，用毛笔蘸彩虹的蓝色，往瓶子里放呀！"

男孩说。

按他说的，椅子匠拿起毛笔，入迷地干了起来。

毛笔朝挂在白手帕上的小彩虹的细蓝条一蘸，眼瞅着就胀了起来。把毛笔拿到瓶口，蓝色的水滴"啪嗒"一声，掉了下来。

就这样，椅子匠不知反反复复了多少次。太阳渐渐地升高了。

椅子匠聚精会神地把毛笔从彩虹移到了瓶子，又从瓶子移到了彩虹。瓶子里多起来的蓝颜料，慢慢地发生着变化。一会儿是紫罗兰的颜色，而一会儿又是矢车菊的颜色，还有龙胆的颜色、鸭跖草的颜色、勿忘我的颜色、桔梗的颜色、绣球花的颜色……

突然，颜料一下子变成了一种让人目瞪口呆的红色。然后马上变成了暗紫色。接着，当紫色的水滴"啪嗒"一声掉到瓶里时，白手帕上的那道小彩虹就消失了。

椅子匠拿起装满了神奇颜料的瓶子。

天已经黑了。

"已经一天了……"

椅子匠惊讶地叫了起来。

"是呀，所以叔叔你拿到了最美丽的天空的颜色呀！"

黄昏的原野上，回荡着男孩那可爱的声音。

"谢谢。"

椅子匠握住了男孩温暖的小手。

5

椅子匠一回到家里,就把那把摇椅拽了出来。然后,用毛笔满满地蘸了一下刚刚得到的颜料,涂了起来。眼瞅着,摇椅就变成了好看的天空的颜色。真的,是一种漂亮的天空的颜色!

6

盲女孩长到了三岁的时候,坐在那把摇椅上,记住了天空的颜色。然后,她知道了这个世界上最宽阔、最高、最美丽的,就是天空。女孩常常这样说:

"看哟,天上飞着鸟。

"飘着美丽的云。"

盲女孩看得见天空这件不可思议的事,传遍了小镇。传说甚至传到了邻镇、邻镇的邻镇。许许多多的人,就为看一眼这个不可思议的女孩和天空颜色的摇椅,拥到了椅子匠的家里。

7

女孩五岁那一年的秋天。

椅子匠在干着活儿。妻子在炖着土豆。女孩坐在摇椅上摇啊摇的，看着天空。

这时，有人来了。

"叔叔你好！"

门外面响起了声音。椅子匠的妻子打开门一看，一个十岁左右的男孩站在那里。

"咦，谁家的孩子？"

她问。可不等那孩子回答，椅子匠已经从干活儿的地方扑了过来，叫道：

"哎呀，你是从前的那个孩子！"

说是孩子，可也长这么大了。妻子知道了他是谁以后，就又朝炖土豆的锅里倒了好多牛奶。

"叔叔，婴儿呢？"男孩悄声问。

"还婴儿呢，已经是五岁的女孩子了。"

椅子匠快乐地指向窗户。女孩正安静地坐在窗边那把天空颜色的摇椅上。男孩走近了，招呼道：

"你好。"

女孩转过脸来。男孩不知说什么好了。

"啊，我……"

这时女孩的脸上放出了光彩，叫了起来：

"我知道啊，你就是给了我天空颜色的人吧？"

男孩高兴起来，因为太高兴了，只是一个劲儿地点头，除了"是的"，什么也回答不出来了。

后来，男孩和椅子匠一家，围着一张小小的桌子，吃起了炖土豆。

男孩走的时候，椅子匠悄悄地拜托他：

"对了，下回我想告诉她花的颜色，你能带来红色的颜料吗？"

男孩点点头。然后，在门口悄悄地对女孩说：

"我是风孩子啊。到了秋天说再见的时候，不是会吹过一阵温柔、舒适的风吗？那就是我哟！"

8

初夏，那个风孩子住在南方的镇子里。在那儿，他看见了美丽的玫瑰园。于是，他就记起了去年椅子匠拜托他的红色颜料的事。

一天夜里，男孩挎着一个大篮子，偷偷溜进了玫瑰园。接着，就一朵接一朵摘起红色的玫瑰花来了。篮子满了，往兜里装。兜里满了，又往帽子里装。然后，趁着太阳还没升起来，逃掉了。

第二天早上，玫瑰园的守园人发现红玫瑰都被揪光了，吃惊得差一点没昏过去。玫瑰园立刻就乱了套。

风孩子对此却一无所知，他下到了河滩，燃起一堆火，煮起红色的花瓣来了。咕嘟咕嘟，好久好久，才装满了一瓶颜料，又黏又好看的红玫瑰颜色的颜料。

9

到了秋天，风孩子宝贝似的抱着那瓶颜料，来到了椅子匠的家。至于椅子匠和妻子有多么高兴，给他炖了多么好吃的土豆，就不用说了。

椅子匠马上就把夏天打的那把新摇椅，涂上了红颜料。当可爱的红椅子完成时，风孩子对女孩说：

"是南方玫瑰园里盛开的红玫瑰的颜色呀！"

"啊，玫瑰的颜色！"

女孩摸索着，轻轻地坐到了玫瑰色的椅子上……又发生了什么事呢？女孩站到了玫瑰园鲜红鲜红的玫瑰当中……

啊啊，这就是红色吗？像暖暖的、厚厚的围毯一样的颜色。如果比作声音，就是像明快的和声一样的颜色。是一种美丽的颜色。是一种点点滴滴渗进心灵的颜色。这就是红啊？就是红玫瑰的颜色啊？……

女孩忘记了呼吸，被红这种颜色陶醉了。

风孩子回去的时候，女孩说：

"喂，明年我想要海的颜色。"

"海的颜色……"

这可难了，男孩想。

"我呀，想再要一把海的颜色的椅子。"

女孩热心地求他道。风孩子点了点头，温柔地答道：

"我试一试吧。"

10

第二天早上，女孩坐到了昨天那把玫瑰色的椅子上。

可是，怎么了呢？昨天的红色看不见了。取代它的，是连一朵花也没有的荒凉的玫瑰园，如同没有颜色的画一般地浮了上来。椅子匠发现，昨天涂在椅子上的红色的颜料，一夜之间全都褪光了。

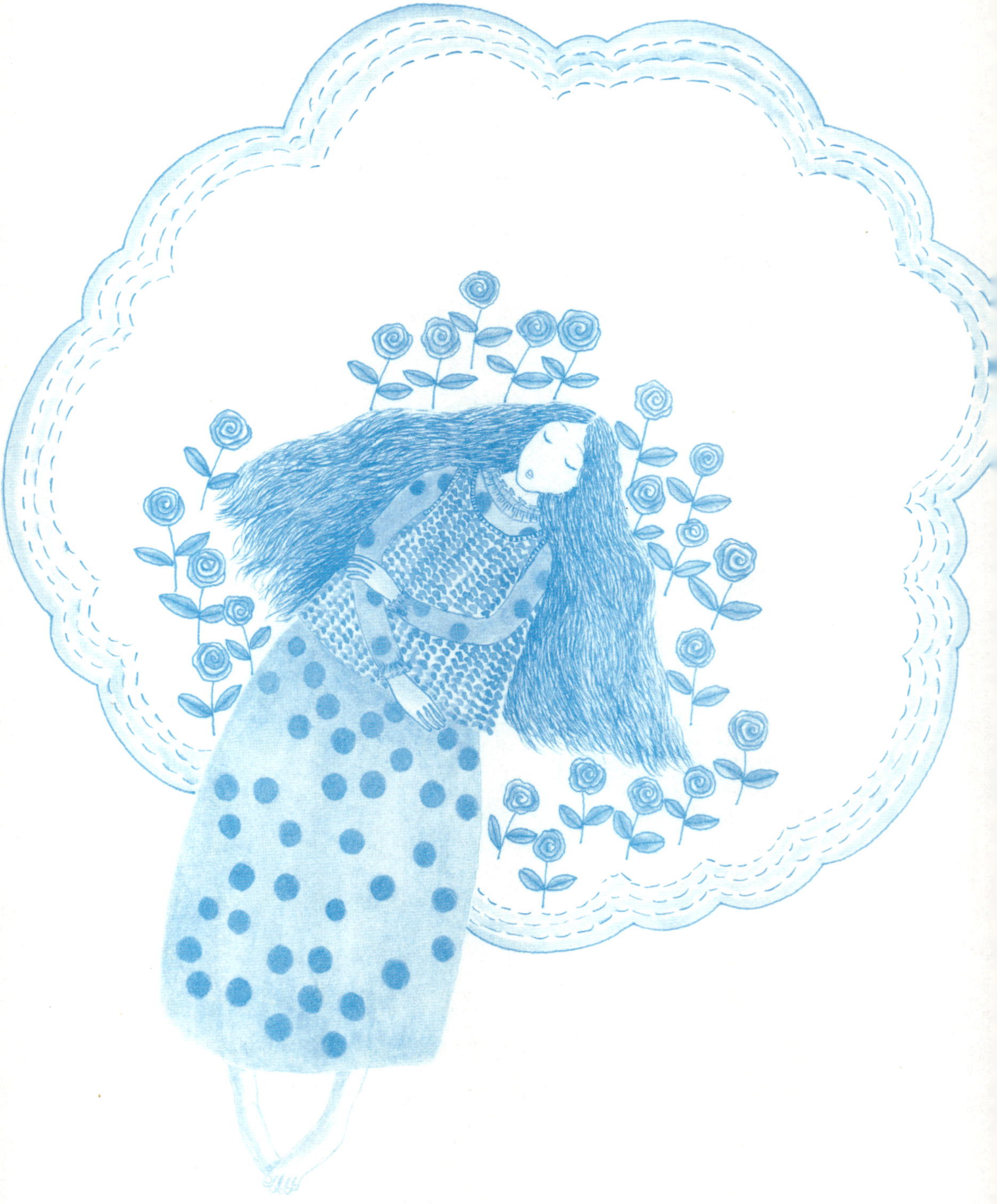

女孩努力回忆昨天看到的红颜色,她想,我再也见不到那种颜色了。所以,她想把它深深地、深深地藏在心底。

11

风孩子越过大海向南飞去时,央求海道:

"海呀,请给我你那水的颜色。我要送给一个盲女孩。"

海什么也没有回答。白色的波浪,"哗——"地打在了岩石上。男孩在岸边跑了一圈又一圈,央求着大海。一道又一道波浪,打在男孩那小小的脚上。

风孩子从南方回来的时候,又央求海。

可是,大海什么也不说。尽管海水看上去是那样的蓝,可用手舀一捧,却像阳光一样的透明,是绝对做不成大海颜色的颜料的。

风孩子就在沙滩上伤心地看着海,直到夕阳西下。

"哗——哗——哗——"突然,男孩在波浪声的后头听到了一阵轻轻的歌声。

是海在给他唱歌。一首动听的歌。

12

风孩子在秋末的时候又来了。不过,椅子匠打开门一看,吓了一跳。那孩子,竟足足长高了五厘米!真的,男孩摇摇晃晃地站在门口,如果不是露出了虎牙在笑,还真不知道他是谁了。

"没有取到大海颜色的颜料。"

风孩子带着歉意说。

"不过，我记住了一首歌。"

男孩把那首海的歌，唱给了女孩听。那是一首优美的无字歌。静静聆听，就会听出温暖碧蓝的海的浩渺、波的光辉、远远的水平线，甚至还能嗅到淡淡的海潮的味道。

风孩子把这首歌教给了女孩。就这样，女孩知道了大海。

13

女孩坐在天空颜色的摇椅上，一边唱着海的歌，一边等待着秋天的到来。

可是出了什么事呢？这一年的秋天，树叶都掉光了，那男孩也没来。下一个秋天、再下一个秋天也没来。

女孩坐在天空颜色的摇椅上，等了一年又一年。黑黑的辫子长得老长。

到后来……连女孩自己都不知道在等什么了。尽管如此，她还是等待着秋天。

盲女孩十五岁了。

一天，妈妈教起她炖土豆来了。慢慢地，少女炖的土豆变得好吃起来，有一种特别的味道。

又过了几年。

少女渐渐地忘记了天空的颜色。少女坐在摇椅上，努力想回忆起什么，想找回什么。然后又想把过去藏在心底的好东西取出来。那可是好东西……可藏在了什么地方，却怎么也记不起来了……少女叹了一口气。

14

秋天的一天,有人敲门。

门口站着一个个子高高的英姿勃发的小伙子。他说他是从南方乘船来的,无论如何也要拜椅子匠为师。这太让椅子匠高兴了,每天就教起这小伙子怎么打椅子来了。

小伙子特别喜欢吃少女炖的土豆。少女每天咕嘟咕嘟地炖土豆。

一天,小伙子一边做椅子,一边唱起了好听的歌。坐在摇椅上的少女听到了,心里不由得一惊。

是的,是那首歌。是海,是海!

也就是在这一刹那间,少女的眼睛清清楚楚地看见了天空的颜色。然后是过去小心翼翼地珍藏着的那点玫瑰色——

少女朝小伙子奔去,叫道:

"是你,就是你呀。你就是那个给了我天空颜色的人啊!"

15

不久,盲少女就成为了小伙子的妻子。她成为了一个比谁都知道真正的天空的颜色的幸福的妻子。

她成了一个即使是长长的头发全都白了,也能坐在摇椅上,如醉如痴地看着天空的美丽的妻子。

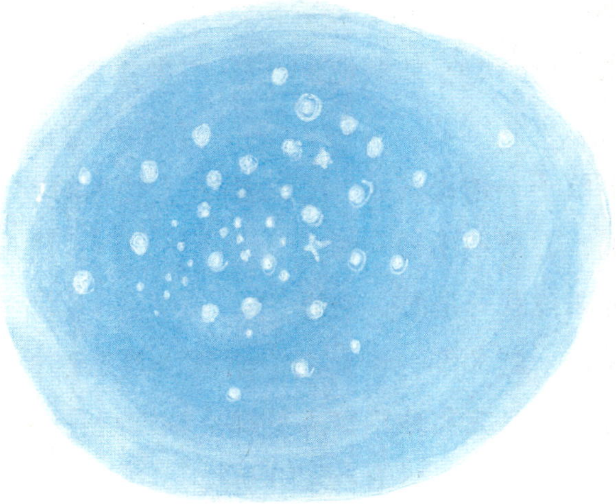

鼹鼠挖的深井

昏暗的井底，
一颗银色的星星闪着光亮。
盯着它看的时候，
鼹吉已经清清楚楚地感觉到了，
和这颗星星一起，
这口井、这块土地不再是自己的东西了。

土豆田的角落上，住着一只名叫鼹吉的鼹鼠。虽然鼹吉还只是一个孩子，但要论起聪明来，就是田里最老的鼹鼠，也比不过它。

一个秋天的晚上。

在被月光照得蒙蒙亮的田间小道上，鼹鼠鼹吉发现了一个闪闪发光的东西，是一个扁扁的、圆圆的东西。

"这肯定是钱币了。"

聪明的鼹吉马上就想到了。然后，它把那个东西举到月光下打量起来。钱币上漂亮地雕着菊花，那花瓣上的一根根线条，就像被淋湿了的蛛丝似的闪着白光。

"这肯定很值钱……"

很快，鼹吉的脑子里就闪过一个好主意。

"对啦，就这么做吧！"

鼹吉蹦了起来，啪地拍了一下手，立刻就出发了。

鼹吉急急忙忙地穿过一望无边的土豆田，天都快亮了，总算是到了一户有着草葺房顶的漂亮农家。

"只有地主的家才会这么大呀。"

鼹吉一边这样自言自语着，一边围着房子绕了一圈又一圈，没多久，它就从一条窄窄的门缝里闪身溜了进去。然后，这回它用比猫还要轻的脚步，朝房子的里头、再里头摸去。最里头、最大的一间铺着席子的屋子里，睡着这家的主人。鼹吉飞快地溜进了那间房

间,端端正正地坐在了呼呼大睡的地主的枕头边上,轻声唤道:

"喂喂,地主,土豆田的地主!"

地主醒了,霍地坐了起来。慢慢腾腾地朝四下寻去,当他看到毕恭毕敬地坐在枕头边上的鼹吉时,说:

"这不是鼹鼠吗?"

鼹吉紧接着说:

"是的,我是鼹鼠,是一只小毛孩子鼹鼠。不过,今天晚上,我可是有非常要紧的事求您才来的。"

"求我?"

"是的,求您。地主,请让给我一小块土地。"

听了这话,地主笑出了声。

"什么,土地?哈哈哈,鼹鼠要买土地。啊哈哈……这话我还是头一次听到呢!啊哈哈哈……"

鼹吉火了。于是,把一直紧紧攥在手里的那枚银币"砰"地往榻榻米上一放,用凛然的声音说:

"我有钱。"

"嚯!"

地主抓起那枚银币,目不转睛地看了好半天,这才说了声"好吧",站起身来。接着,"啪嗒"一声推开了走廊的防雨门,说:

"跟我来。"

地主和鼹吉慢慢地走到了与土豆田相邻的一片空地。地主在那片空地的边上停住了,把鼹吉叫了过去。

"听好了,鼹鼠。"

"是。"

鼹吉毕恭毕敬地坐下了，抬头看着地主。

"我只能卖给你这么一块土地了。"

地主用拿着的手杖，在空地上画了一块小小的四方形。和打开的包袱皮差不多一般大。鼹吉恭恭敬敬地鞠了一个躬，然后这样说道：

"谢谢。那么，这里就是我的土地了。从今往后，拜托您不要事先不打招呼就来挖来挖去了。因为以前我受够了这种烦扰。"

就这样，鼹吉成为了一块小小的土地的主人。鼹吉立即就在这块土地的四周围上了篱笆，挂上了一块写着"鼹鼠鼹吉的土地"几个大字的牌子。接着，自己就坐在了这块土地的正当中，成为地主的喜悦，让它哆嗦了好一阵子。

"啊，这是我的土地了。这块土地下面不管多么深，都是我的了。而且，上面一直够到星星！"

鼹吉激动得再也坐不住了。于是，就在这块小小的土地上一遍又一遍地跳来跳去，滚个不停。

"下面一直到地心，上面一直够到星星。"

它叫道。

然后，鼹吉就骨碌一下躺倒了，出神地幻想起来——我在这里种一棵树。树慢慢地长大了，长得又直又高。一棵够得着天空的树。伸到天上的梯子……不过，这时鼹吉眺望着天空又想，要是来一场暴风雨可怎么办呢？说不定，我的树会被连根拔掉。到了夏天，万一树被雷击中了……那讨厌得要命的雷……鼹吉猛地哆嗦了一下。然后，立刻就不再幻想了。

接下来，鼹吉又琢磨起挖井的事来了。挖一口深深的井，砌上红砖墙，装上结实的滑车和吊桶。汲上来的水，肯定非常干净。比起田沟里的水，井水不知要好喝多少倍了，伙伴们要成群结队地来喝水啦！啊，这个主意好。这个主意最好。鼹吉就这么决定了。

说干就干，从第二天起，鼹吉就开始挖起井来了。小小的鼹鼠，要挖一口深井，可不是一件容易的事。这可是要干上好些年，要有毅力的活儿。不过，鼹吉是一只非常能忍耐的鼹鼠，多少年都能忍受！清澈的井水的凉意涌上心头，鼹吉一心一意地挖着井。

这样过去了许多年。

等到水井终于挖好了的时候，鼹吉已经不再是一只小孩子鼹鼠了，长成了一只漂亮的大鼹鼠。它比过去更聪明了，更能忍耐了，然而可悲的是，它变成了一只极其贪得无厌的成年鼹鼠。

长年钻在黑暗的土里，和谁也不说话，也看不见美丽的东西，到了井好不容易挖好的那天，鼹吉这样想：

（啊啊，这下子我总算在自己的土地上挖出一口自己的井了！真是够辛苦的了。可是，我究竟是为了谁这么辛苦呢？是为了田里的伙伴们喝上好喝的水吗？岂有此理！我是为了我自己。是的，是的。我要用这口井做本钱，攒下一大笔钱，然后再去地主那里，买回比这多十倍、多一百倍的土地。）

鼹吉挖的这口井，比想象的还要漂亮。用红砖围了一圈，要说有多深，这么说吧，稍稍探头朝下面看一眼，就会头晕。而最让人叫绝的是，从这口井里汲上来的水，夏天像冰一样的凉，冬天则是热乎乎的。

鼹吉一个人慢慢地品尝了这甜美的井水之后，在吊桶上挂上了这样一个牌子：

> 好喝的井水。一杯，有洞眼儿的银币一枚。

夏天的一个大热天，一只有钱的鼹鼠从鼹吉的井前经过。它看到了那块牌子，就站住了，手插到了口袋里。淡灰色上装的口袋里头，银币"哗啦哗啦"地响着。它递给鼹吉一枚银币，要了一杯水。鼹吉立刻把吊桶放到了深深的井下，汲上满满一桶清凉的水来。咕嘟咕嘟，那只有钱的鼹鼠一口气就把水喝光了。

"好喝！"

它赞叹道。鼹吉连忙低头行了一个礼，说：

"请再次光顾。"

不久，有关甜美井水的传闻，就在田里传开了。凡是有一枚银币的鼹鼠和田鼠们，全都来喝过鼹吉的井水了。而且，为了喝上这井水，大伙儿还争先恐后地捡起人们丢掉的银币来了。就这样，鼹吉很快就成为了一个富翁。鼹吉用万年藤的蔓，把攒下来的带洞眼的银币串了起来，挂在了脖子上。这根美丽的项链上的银币，一天比一天多了起来。

就这样，又过去了许多年。

十一月一个寒冷的黄昏。

落日沉到了土豆田的对面，唯有那一片，呈现出凄凉的红色。从那片光亮的方向，走过来一只瘦瘦的小老鼠。小老鼠一边对

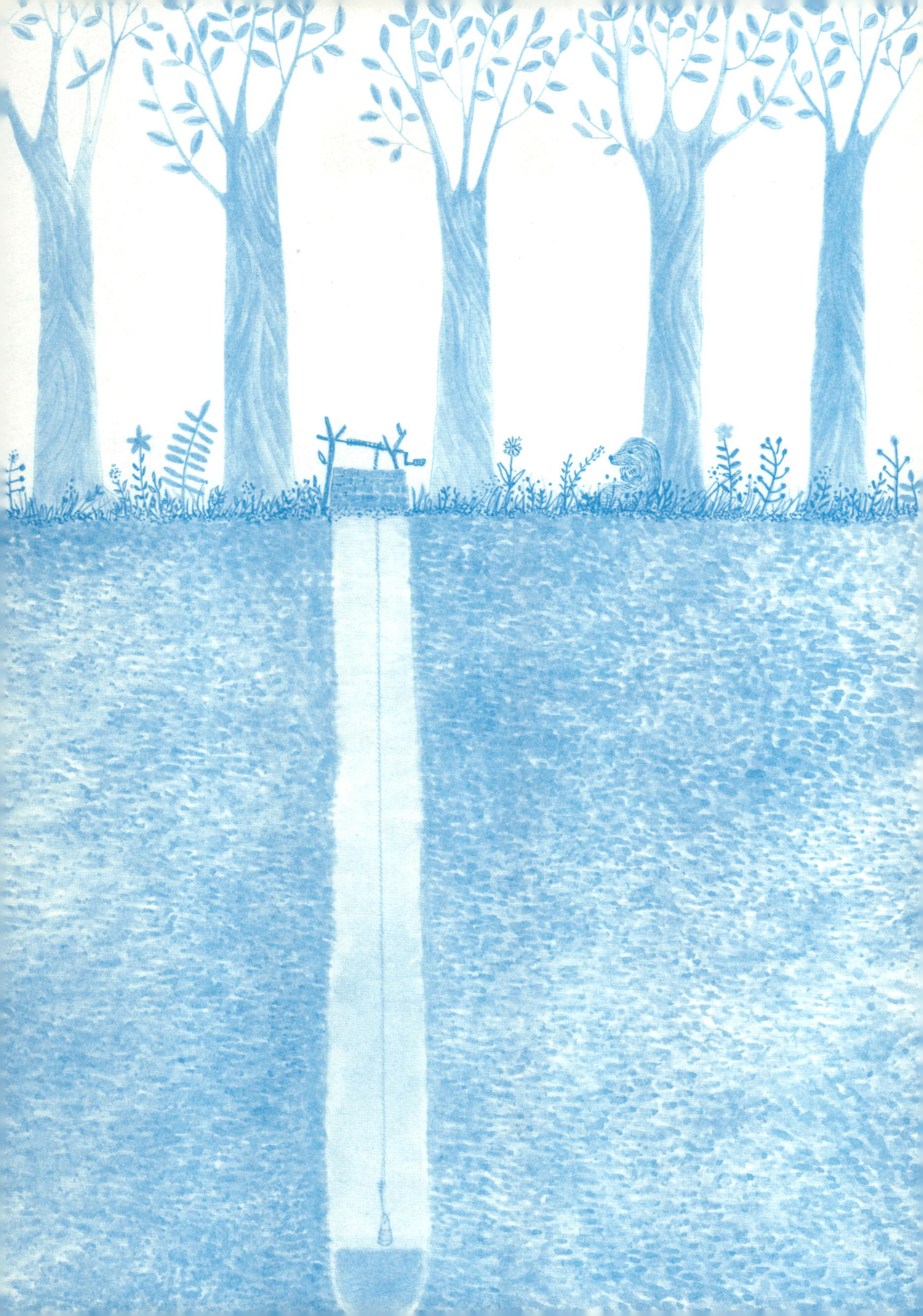

没戴手套的双手呵着白色的气，一边冻得缩手缩脚似的走着。它一直来到鼹吉水井的前头，就这样说道：

"手被枸橘的刺给扎破了。能不能给点水，洗洗伤口？"

于是鼹吉就像往日一样，嘎嘎地把吊桶放到了井里，汲上来一桶水。小老鼠跑上前去，把受了伤的两只小手全都伸到了热气腾腾的水里。鼹吉看了一会儿，就把手伸了过来：

"好啦，付钱吧！"

可那只小老鼠只是傻傻地抬头看着鼹吉。然后，吐出了一口白气，问：

"什么？"

鼹吉朝挂在吊桶上的那块牌子一指：

"这儿不是写着的吗？"

它生硬地说。

"可、可我还不认字呀。"

"真是一个烦人的小孩子。那么，我念给你听，听好了！"

说完，鼹吉就慢慢地念起了那块牌子：

"好喝的井水。一杯，有洞眼儿的银币一枚。"

听了这话，小老鼠急急忙忙把手从水里缩了回来。然后，把那双小眼睛睁得是不能再大了，只挤出来一个字。

"钱？"它问。

"是的。"

鼹吉抱住了胳膊。

"我、我没有钱。"

于是，鼹吉就瞪着小老鼠，这样说道：

"你听好了。这块土地,是我的。这口井也好,这水也好,全是我的。我从还是一个像你这么大点的小毛孩子时候起,就已经一个人在挖井了。所以,即使是一杯,我也不能让人白用。"

小老鼠那双水淋淋的手被风一吹,比原先更加冷了,它一边搓着手,一边想了一下,说:

"那么,我到田里去偷点土豆,来代替银币吧。"

"不行。对不起,鼹鼠老爷可不吃土豆。"

鼹吉傲慢地说。

"那、那怎么办呢?"

小老鼠往后退了一步,低声问。

"怎么办呢?"

鼹吉又抱住了胳膊。想了一会儿,终于想出来一个好主意。

"你帮我汲三天水吧。干三天活儿,刚才的水钱就不问你要了。"

这对于鼹吉来说,绝对是个好主意。因为最近这段日子,汲水这活儿让鼹吉累得受不了了。倒不是说鼹吉上了岁数,身体不行了,而是那串项链的原因。那串银币项链一天比一天重,不要说别的了,单是把它挂在脖子上站着,就已经累得不行了。所以,最近鼹吉是想雇一个伙计汲水了。

就这样,可怜的小老鼠就只能在鼹吉这里打三天的工了。

从第二天起,用吊桶汲水就是小老鼠的活儿了。而鼹吉除了从客人手里收银币,就是往井边一躺了。

第一天的黄昏,最后一名客人走了之后,小老鼠大声招呼鼹吉:

"鼹吉大叔，井里面有一个非常漂亮的东西哟！"

"漂亮的东西？"

鼹吉慢吞吞地爬了起来，抓住了井边。

"朝里面看呀，看！"

小老鼠快活地叫道。

井底简直就是另外一个世界，像长长的望远镜。

定睛看去，正中央漂浮着一朵红红的火烧云。一朵看上去热气腾腾、好吃的云。虽说鼹吉已经汲了好几年的水了，却还是头一次看见这样的东西。它想，我的井里怎么会有这么漂亮的东西呢？

就这样，鼹吉和小老鼠目不转睛地看着井里，直到天黑。

第二天晚上，小老鼠又招呼起鼹吉来了：

"大叔，看呀，井里有一个月亮。"

鼹吉听了，吓了一大跳。然后，好不容易才站了起来，朝井里看去。

井底的水里，浮着一个小小的圆月。白白的，就宛如白玉兰花似的……

看到它的一刹那，鼹吉的心跳个不停。

（没错，井里确实有一个月亮。月亮不知不觉竟钻到井里去了。）

这可不是小事，鼹吉想。

过了一会儿，小老鼠说：

"我知道了。大叔的井里面，有一片天空呀！"

天空！井里面有天空……

这时，鼹吉都快要窒息了。如果天空在自己买的土地、自己挖的井里，那么那天空肯定全部是属于自己的，可不知为什么，鼹吉没有这种感觉。相反，它却觉得自己的井、自己的土地，和井里的天空一起，不再是自己的东西了。不过，鼹吉硬是打消了这种感觉。

"怎么会有这种事？不管发生了什么，这里也是我的土地。"

终于到了第三天的晚上，分手时，小老鼠说：
"大叔，我就要说再见了。可是，这回井里是星星啊！"
"啊，我就过来看。"
鼹吉坐在那里一动不动地说。等到小老鼠的身影消失在土豆田的田垄尽头时，它好不容易才站了起来，战战兢兢地朝井里看去。

昏暗的井底，一颗银色的星星闪着光亮。

盯着它看的时候，鼹吉已经清清楚楚地感觉到了，和这颗星星一起，这口井、这块土地不再是自己的东西了。成了一个不知道是谁——比地主不知要大多少的主人的东西。不管怎么吵，怎么拼命，也没用了。

鼹吉后背上冒出一股寒气。可它随后就又猛烈地摇了摇头。

"怎么会有这种事呢？这是我的井啊。我的井里的东西，月亮呀，星星呀，全都是我的东西！"

这样叫着，鼹吉情不自禁地朝井里探出身去。

想不到挂在脖子上的银币项链太重了，鼹吉的身子竟一个倒栽葱，掉到井里去了，掉到了深深的水里。

"扑通"，一声巨响。然后……再没有声音了。

当井里那一圈圈圆形的波纹彻底消失了，水面上又重新映出了一颗静静的星星。

当清醒过来的时候,鼹吉正在一片蓝色里嗖嗖地往下落。一直落到地心……不,也许说不定就没有地心。也许这是一口无底的井。鼹吉像皮球似的,往下落着。想停下来,可不管怎么挣扎也是无济于事了。

四周如同果冻一般的蓝。而在远远的、远远的底下,方才的那颗星星闪着光。

一边不停地往下落,鼹吉一边回忆起从前买土地那天的事。

那天它想:

(这是我的土地啊。这块土地的下面,不管多深都是我的啊……)

可是现在,鼹吉正在往下落的地方,是鼹吉的土地的延续吗?是从前自己用胳膊使劲儿拥抱过的一块包袱皮大小的土地的延续吗?

不是!

这的确是不知道的另外一个空间。什么也没有、空得想大哭一场的世界。

鼹吉突然感到了冷。

"啊啊,我想错了,我干了那么多的错事……"

一种说不出来的孤独,让鼹吉掉下了眼泪。它觉得自己像是变成了一个孤零零的婴儿似的。自己什么都没有了,自己成了一个赤条条、什么也干不了的婴儿。再也忍不住了,鼹吉突然叫了起来:

"星星、星星,救命……"
……

鼹吉的身子突然变轻了。

天和地一下子颠倒过来了。

这会儿,鼹吉不是在往下落了,而是在往上升。确实是在往上升。在果冻一般的蓝色中往上升。鼹吉的身子迅速地变轻了,轻得就像棉花糖一样,最后终于轻得就像一片羽毛一样了。

鼹吉果然是在往上升。确确实实是在往天上升去。

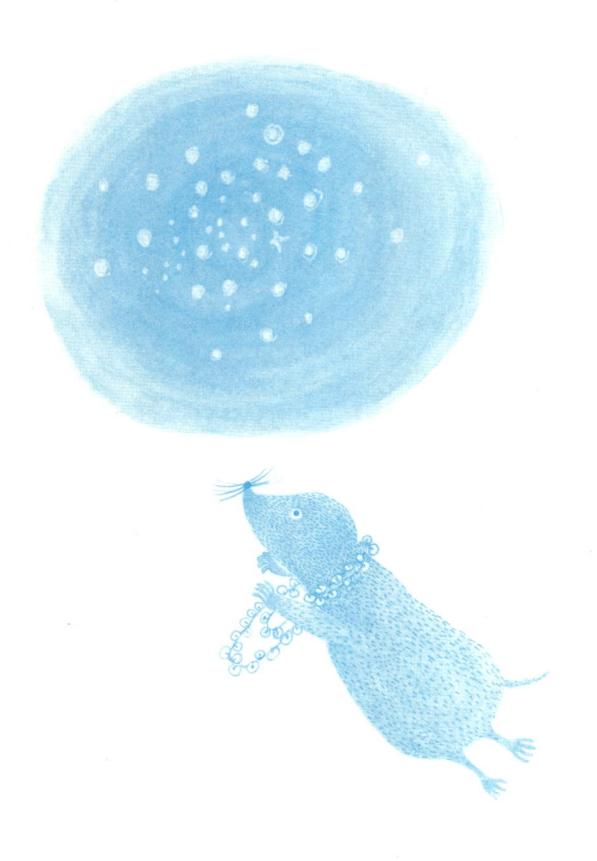

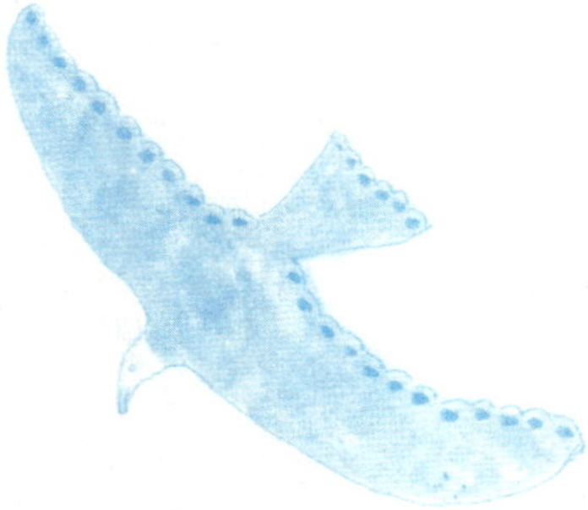

鸟

少年坐过的船上,落着白色的花瓣。
我不由得伸手把它捡了起来。
想不到,花瓣变成了羽毛。
是鸟的羽毛。
我仿佛做了一个不可思议的夏天的梦似的。

某座小镇里，有一位耳科医生。

在小小的诊疗所里，一天又一天地瞧着人们的耳朵。

因为是一位医术高明的医生，所以候诊室里总是满员。还有人摇摇晃晃地坐上好几个小时的火车，从远远的村子赶来。有关耳聋的人被这位医生彻底治好了的传说，更是数都数不过来。

每天都是这么忙忙碌碌的，这段日子，医生有点疲倦了。

"我也偶尔要去检查一下身体了。"

黄昏的诊疗室里，医生一边整理着病历卡，一边嘟囔道。往常担当护士工作的妻子，刚刚出门去了，这会儿，只剩下了医生一个人。夏天的夕阳，把这间白色的小房间照得红彤彤的。

这时，身后的窗帘突然摇晃了一下，响起了一个尖尖的声音：

"医生，快帮帮我！"

耳科医生的转椅，唰地转了过来。

窗帘那儿，站着一个少女。捂着一只耳朵，披头散发的，大口大口地喘着气，仿佛是从地球的尽头一路跑过来似的。

"怎么了？你究竟是从什么地方来的？"

医生惊愕地问。

"大海。"

少女回答。

"大海。嗬，坐巴士？"

"不是，是跑。是跑来的。"

"嗬。"

医生把滑下来的眼镜往上推了一下，然后指着眼前的椅子：

"先坐下吧。"

少女脸色苍白，眼睛睁得老大，好像吞了毒药的孩子。

"说吧，怎么了？"

医生一边洗手，一边用往常的口气问道。于是，少女用手指着自己右边的耳朵，喊起来：

"耳朵里钻进去一个不得了的东西，请您快掏出来。"

于是，医生就从柜子里，取出了纱布和小镊子。就是他取东西的时候，"快点快点"，少女还在用尖尖的嗓门催促着。不过，医生却很镇定。这种事，他见得多了。昨天，还有一个耳朵里钻进一条活虫的人闯了进来，"吵死了吵死了"地叫着，吵翻了天。今天也是一样了，医生想。于是，他不慌不忙地坐到了椅子上。

"什么东西钻进去了？"

他问。

少女一脸悲伤地说：

"啊，是秘密啊。"

"秘密？"

医生皱起了眉头。

"不会是秘密吧？要是那样的话，不就治不好了吗？"

于是，少女垂头丧气地低下了头：

"是秘密啊。秘密钻进我的耳朵里头去了。"

"……"

"我呀,刚才听到了一个我绝对不可以听到的秘密。所以,我想快一点把它掏出来。"

"……"

"如果现在马上掏出来,就没事了。因为它'咚'的一声,刚刚掉进了耳朵里。不过,要是还不动手,可就晚了。一旦太阳落下去了,就全完了。"

医生眨巴着眼睛。还是第一次遇上这样的患者。于是,他就想,对这样的病人,可能先要慢慢地聊一聊了。

"那么,究竟听到了什么样的秘密呢?"

他和蔼地问。少女小声说:

"一个我最喜欢的人,对我说,其实他是一只鸟,是一只被施了魔法的海鸥。"

"唔?"

医生脸上露出一种奇怪的表情。然后,把椅子往前移了移,盯着少女:

"你能详细说说你的故事吗?然后,再给你看耳朵,我想也不迟。到天黑还有三十分钟呢!没问题,那么一点秘密,我马上就能给你取出来。我是名医嘛。"

少女乖乖地点了点头,开始讲起了这样一个故事。

我头一次遇上那个人,是黄昏在海上的小船上。

我是一个孤零零的女孩子，在租船小屋打工。十九艘小船，在小屋前头被拴成了一排，那个时候，我正坐在最前头的那艘小船上。

我在等一艘小船，太阳早就沉下去了，可唯有它还没有归来。黄昏时清点船数，把它们拴到桩子上，是我最重要的一项工作了。可那个时候，我却等得厌倦了，迷迷糊糊地打起瞌睡来了。

这时，我耳边响起了"哗啦"的划水声。

"对不起。"

我一下子被这个声音唤醒了。

眼前船上坐着的，是一个少年。没错，刷着蓝漆的小船，正是我们店里的。我一脸的不快：

"怎么回事？早就过了时间了。"

那个少年不好意思地笑了，这样说道：

"划到海那边去了。"

少年的眼睛，是一种不可思议的灰色。

"到底划到什么地方去了？"

我脸上多少带了点吃惊的表情，问道。少年若无其事地说：

"比水平线还要远，比双胞胎岩还要远，比雷岛还要远。"

"骗人！"

"谁骗人了！鲸喷水了哟，还有大客轮哪。"

"别开玩笑了，快把船还给我。"

于是少年站了起来，"嗖"地一下跳到了我的船上，然后，就像玩跳房子游戏似的，一蹦一蹦地从十九艘船上跳到岸上去了。他最后说了一声：

"再见！"

少年坐过的船上，落着白色的花瓣。我不由得伸手把它捡了起来。想不到，花瓣变成了羽毛。

是鸟的羽毛。

我仿佛做了一个不可思议的夏天的梦似的。

当我知道那个少年，是住在海边简陋的小屋里潜水采鲍鱼的渔女的儿子时，我不知有多么吃惊了。

那个渔女，因为上了年纪，不再潜海了，串街叫卖贝和鱼。棕褐色的皮肤皱皱巴巴的，凹陷进去的眼睛，呆滞无神。

太奇怪了，我怎么也不能相信，这么一个又丑又老的渔女，竟会是那个少年的母亲！然而，有一天，渔女跑到租船小屋，真的这样说：

"上次儿子给你添麻烦了，真是对不起。"

渔女笑了，是一种让人不寒而栗的笑容。

"可是，不要再让他划船了。那是我唯一的一个宝贝儿子啊。"

可是，从那以后，少年每天都来划船。他贴着我的耳边轻声说：

"就划一会儿，对我妈妈保密哟。"

很快，我就和少年成了朋友。一开始，还有点提心吊胆的，后来就渐渐地亲密起来了。

一到黄昏，少年就帮我把船拴到了桩子上。比我要快多了，简直就像把散落在水面上的落叶集中到一起似的。

"这要全部都是我的小船，该有多好啊！"

少年说。

"那样的话，就拴成一排，划着最前头的小船去大海。"

"哎呀，能行吗？"

"行，我能行。我的胳膊有力量。从前，我什么样的险都冒过。"

"冒险？什么样的？"

我探出身子问。可少年突然用无精打采的声音说：

"已经忘了。"

然后，就用一双呆呆的眼睛，看着远方。他就是这样。过去的事情，全都忘得一干二净了。好像被灌了遗忘药的王子。不过，我也是一样。留在心底的过去的记忆什么的，一件也没有了。

从收好小船开始，到天黑为止的一段时间，是两个人最快乐的时光了。我们不是摆贝壳，就是分酸浆果，放烟火。在昏暗的租船小屋的背后，纸捻烟火哗哗地燃烧着。不过，我们多想到更开阔的地方去玩啊。想在白天的日光下，在沙滩和海上，尽情地跑呀，游泳呀。但是，我们总是害怕渔女的那双眼睛。渔女也许就在小屋的背后窥视着我们两个，她的影子让我们恐惧。有一回，少年说：

"喂，我们俩去远方好吗？"

"远方是哪里？"

"比水平线还要远，比双胞胎岩还要远，比雷岛还要远。"

"可是，你妈妈？"

我悄悄地问。

"你妈妈不是不让吗？"

少年点点头。

"嗯。妈妈生我们的气了。她说，你小子是想和那个女孩逃到什么地方去吧？可是，我绝不会让你们得逞。妈妈是一个可怕的人哟，会魔法。"

我倒吸了一口凉气。

这样说起来，那张脸，是魔法师的脸了。尤其是那双眼睛——就像是在海底住了有一百年、两百年的鱼眼一样的不可思议的沉淀物。

"所以呀，我们必须悄悄地逃走。"

少年的神情非常认真。我的心怦怦地跳着，点了点头。

后来没过几天，少年突然说：

"喂，明天就逃吧！"

"明天！为什么这么急？"

"妈妈让我潜海，到海底去采贝。我不想去。那太苦了。"

"……"

"我下定决心要去一个开阔的地方了。喂，明天逃吧。把一艘小船藏在那块岩石的后面吧！"

少年指着对面远远的岩石。

突出在海面上的巨岩的背后，有一片正好藏得下一艘小船的凹地，这我也知道。

"明天黄昏，我在小船上等你。"

少年灰色的眼睛笑了。

这时，身后哗地响了一声，仿佛有个黑色的影子在水上晃动了一下。我吃惊地回头看去，可是没有人。

啊啊，那就是昨天才发生的事情，怎么觉得像很久很久以前的事情似的了？可仅仅是昨天的事情。

然后，今天的黄昏——就是方才——我按照约定，急匆匆地朝那块岩石后面赶去。那少年，一定等在早上就悄悄藏好了的小船上了。

他穿了一条蓝色的游泳裤吧？戴着一顶巨大的草帽吧？而那双灰色的眼睛，目不转睛地在等着我吧……

我的心扑腾扑腾地跳。我知道，从现在开始，一场大冒险就要开始了。

海边的夕阳，已经是一个黄金的轮子了。嘎吱嘎吱地转着，一个晃眼的光轮。快点、快点，我飞快地跑着。

从晃眼的海边拐到岩石的后面时，天一下子暗了下来。我的胶鞋啪嗒啪嗒地溅着水。这时，突然响起了一个嘶哑的声音：

"你受累了！"

我不由得一怔，仰脸看去，蓝色的小船上不是少年，而是渔女一个人抱着膝盖坐在那里。脸上浮现出一种让人不寒而栗的笑容。

我顿时就哆嗦起来了。我紧张地尖声问她，那个少年在什么地方？

"在家里哪。"

渔女冷冰冰地回答道。

"关在上了锁的小屋子里了哟。不过，屋顶上有个小洞，也许会从那里逃走吧？就是逃掉了，也没有关系。"

"屋顶的洞？从那样的地方钻出来多危险呀！"

"怎么会危险？那小子有翅膀。"

我目瞪口呆地盯住了渔女。想不到，渔女却挺起胸脯笑了起来。然后，突然冲我招了招手：

"过来。我告诉你一个谁也不知道的秘密。"

我惶恐不安地坐在了小船的边上。渔女朝这边凑了过来,把嘴紧紧地贴在我的耳朵上,只说了这么一句话:

"那小子,是鸟呀!"

这一句话,变成了一把尖锐的匕首,在我的耳朵里跳荡着。我不由得用一只手捂住了耳朵。可渔女瞪着一双不怀好意的眼睛,又说出了这样一番话:

"其实,他是一只被施了魔法的海鸥啊。这已经是好久以前的事了,一只受了伤的海鸥,闯进了我的小屋。我可怜它,就给它上药,扎上了绷带,每天喂它吃的,不知不觉地,我呀,竟喜欢上这只海鸥了。不知怎么的,竟像儿子一样疼爱起它来了。即使是伤好了,也想永远把它留在身边。

"可有一天,从海里飞来一只雌海鸥,每天早上在窗子那里叫。

"就是那个时候,我听懂了鸟的话。真的,我真真切切地听到了雌海鸥的呼唤:'去大海,去大海。'于是,我儿子就啪啪地扑腾着刚刚痊愈的翅膀,想要飞走。雌海鸥的歌声,一天高过一天。不管怎么轰它,它还会飞回来。我对那只雌海鸥恨得要命,就像现在恨你一样。"

说到这里,渔女喘了一口气,瞪着我。然后,又低声继续讲了下去:

"不久,我就想出来一个好主意。用魔法,把我那只海鸥变成人!把它变成我真正的儿子!

"我在衣橱里头,收藏着两粒红色海草的果实。是过去在海底发现的,非常稀罕的东西。我对着它们呼呼地吐了口气,让海鸥

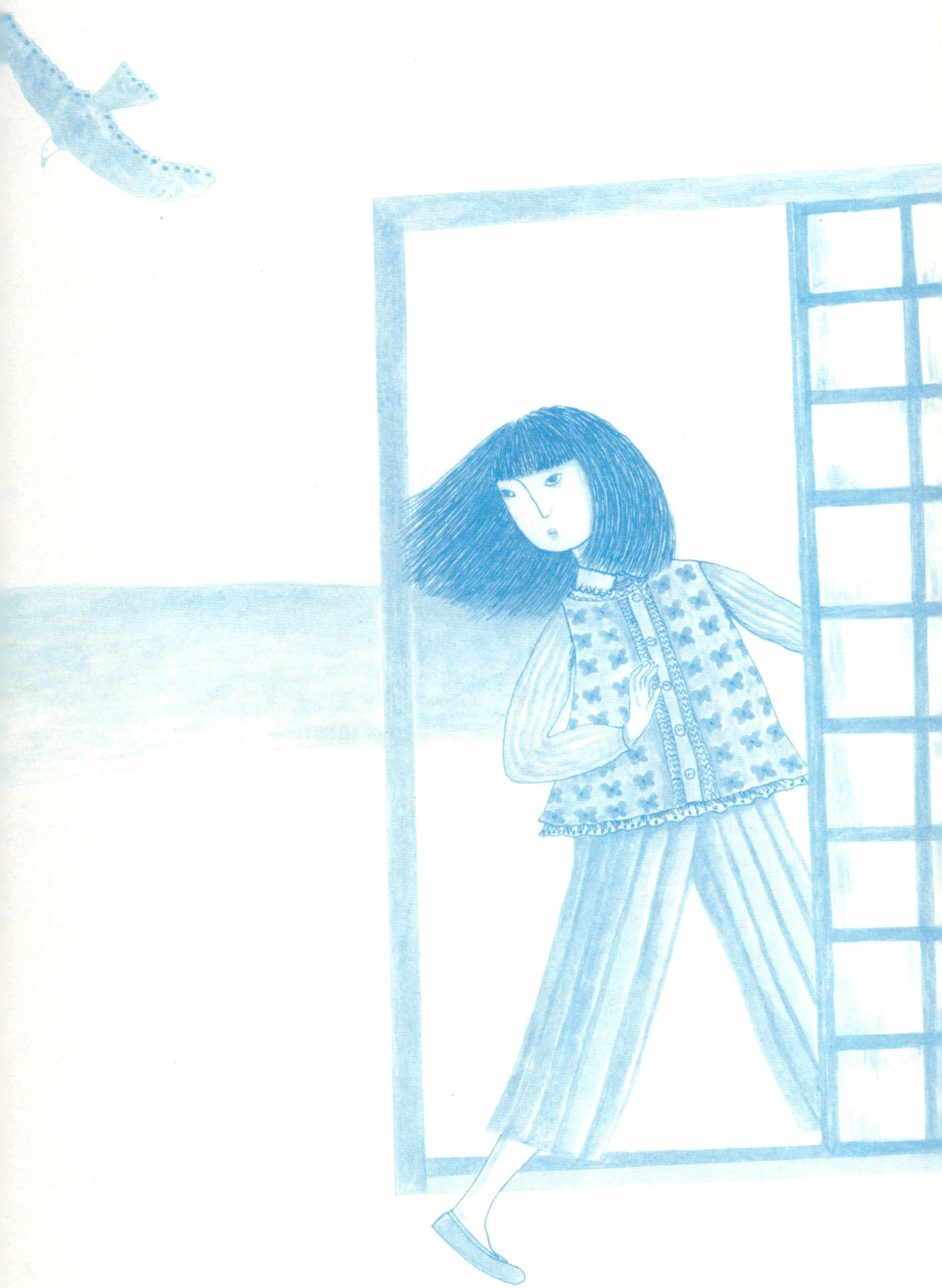

吃了。

"你说有多灵验吧!

"只吃了一粒,海鸥就变成了一个男孩子的模样。我因为太高兴了,都没有察觉到剩下的一粒掉到什么地方去了。我想,有了这么漂亮的儿子,比什么都强。从今往后,我要教他潜海、卖鱼。

"可是,怎么样了呢?还不到一个月,这一回,是你出现了,又要和那小子一起去遥远的地方……所以,我已经死了心啦。我已经决定把那小子赶回到大海去了。不过……"

突然,渔女抬高了声音,愤怒地说:

"你一起走不了。因为那小子是鸟呀!"

可我没有畏惧。

"走不了就走不了!他现在还是人的样子。我不介意啊!"

渔女得意地笑了:

"不过,魔法马上就要解除了。这个秘密,一旦有谁知道了,当天魔法就会被解除。所以,到今天太阳沉到海里之后,那小子就会变成鸟了。

"话虽这么说,不过,你要是能把现在的话忘个一干二净,那就是另外一回事了。你要是能跑到医术高明的耳科医生那里,快点把秘密掏出来,那就是另外一回事了。"

(耳科医生……)

这时,先生您浮现在了我的脑子里。海边的人,都说您是一位特别了不起的医生。所以,我才跑来了。喂,对您来说,这很简单吧?如果用长镊子,一下子就能钳出来吧?要是太阳沉下去了,可就完了。请快点动手。

"噢，原来是这么回事。"

耳科医生点了点头。他想，不管怎么样，我也要满足这个跑来求自己的少女的愿望。

"那么，让我看一下吧。"

医生朝少女那贝壳一样的耳朵中看去。然后，点了点头。

"啊——"

耳朵深处，确实有个什么东西闪闪发光，让人觉得恰似一朵盛开着的辛夷花。

（是它吧？它就是那个秘密吧？）

医生想。可是，它太深了，不论用什么样的长镊子，也够不到。

"喂，快点动作呀，快点、快点。"

少女催促道。那声音，奇怪地在脑海里回响起来，医生的胳膊不好使唤了。药瓶是拿出来了，可却不知道那是什么药了。

（今天不对头啊。是累了吗？）

医生摇了摇头。

突然，少女大声叫了起来：

"啊，是鸟哇。鸟、鸟。"

"鸟？"

医生不由得把目光投向窗户。窗户外边，只看得见一条狭长的黄昏的天空。

"你在说什么？"

少女闭着眼睛，这样说道：

"在我的耳朵里面哟。看，有大海呀，有沙滩呀，沙子上面有变成了海鸥的那个少年呀。如果不赶紧抓住那只鸟……"

医生跑过来，又一次朝少女的耳朵里看去。接着，就是一声尖叫。

"嚘！"

是真的。少女的耳朵里面，确实有一片大海。碧蓝碧蓝的夏天的大海，还有沙滩，就宛如小人国的风景似的收藏在里面。而且，那片沙滩上，方才那朵白色的花——不，那不是花，是一只鸟吧？是的，一团让人想到是一只在歇息的海鸥似的小东西，孤零零地映入了眼帘。

医生突然头晕目眩起来，闭上了眼睛。不过那么两三秒。

然后，当睁开眼睛的时候，医生发现自己竟孤零零地站在了那道海岸上。

一片蓝色的海洋。长长的、长长的海岸线。而就在不过五米远的前方，一只海鸥正在歇息。

"太好了。"

医生伸出双手，蹑手蹑脚地从后面靠了过去。轻轻地、轻轻地……可只不过靠近了两三步，鸟就"啪"的一声展开了翅膀，就像花蕾绽开了一样。接着，就迅速地飞走了。

"糟糕！"

医生追了上去。

"喂，等等——等等——"

医生跑起来，发疯似的跑了起来。

一边跑，医生好像是有点明白自己是在少女的耳朵里了。才明白过来，又忘了。就像人们谁都明白自己是在地球上，可又忘了一样。

不管怎么说，那两秒钟左右的时间里，是出了什么事。是医生的身体变得和虫子一样小了？是少女的耳朵出奇地大了？还是发生了别的什么事？可是，医生没有去多想。他脑子里只有一个念头：抓住那只鸟。他觉得，不把它抓回来，关系到诊疗所的声誉。

然而，海鸥越飞越高，不久就慢慢地飞到海里去了。

"啊、啊啊、啊啊。"

医生轻轻地坐到了沙子上，目送着海鸥。

"喂，快点动作呀，快点、快点。"

就在这时，突然，一个如同雷鸣般的声音在四周回响起来。医生不由得闭上了眼睛。

不过是两三秒。

"怎么也不行？"

听到这个声音，医生一惊，睁开了眼睛，少女正目不转睛地盯着自己。是在昏暗的诊疗室里。

"秘密，取不出来吗？"

少女问。

医生张皇失措地点了点头，"嗯嗯，刚刚错过了机会。"他小声回答道，"今天，我有点累了。"

少女站了起来，一脸的悲伤。

"那么，就完了啊。"

她说：

"太阳已经落下去了。他已经变成鸟了啊。"

医生垂下了头。不知为什么，他心中充满了歉意。

少女默默地回去了。诊疗室的窗帘哗地摇晃了一下。

耳科医生长长地叹了一口气，砰的一声坐到了自己的椅子上。就是这个时候，医生瞧见眼前的椅子——就是刚才少女坐过的那把椅子上，散落着白色的东西。

"……"

医生把它拿了起来,细细地看着。

是羽毛。而且是海鸥的羽毛。

医生惊诧地站了起来,随后想了片刻,点了点头:

"原来是这么回事。"

"必须告诉她!"

这么叫着,医生冲到了外边,在黄昏的路上,飞也似的跑起来。

(那孩子不知道,自己也是一只海鸥。她一点也不知道,自己就是那时候吃了渔女丢掉的红色果实的雌海鸥啊!)

耳科医生跑起来。为了把另外一个美丽的秘密放到少女的耳朵里,一心一意地追去。

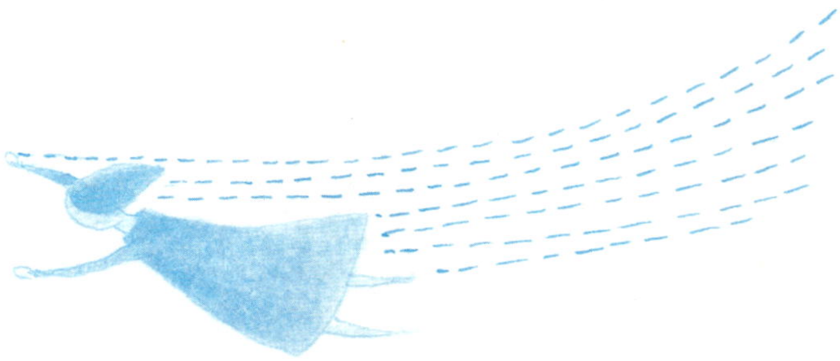

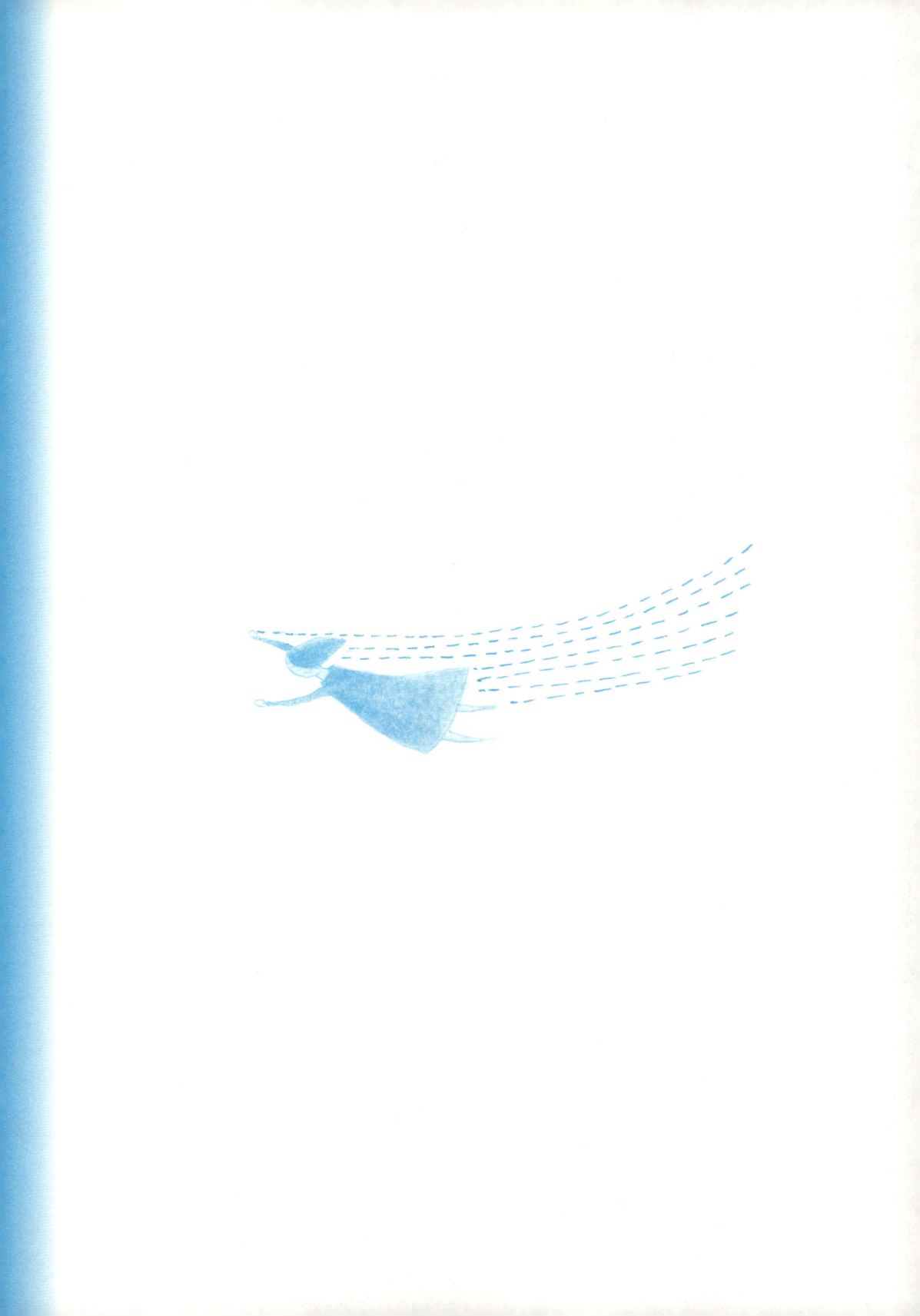

雨点儿和温柔的女孩

她觉得早晚有一天,连自己的身子也会变成一滴雨点落下来。

……

就这样,到了夏天的最后一天,雨点儿妈妈终于变成了东方天空上的一条小小的彩虹,随后就消失了。

1

　　林子里，住着银色头发的雨精。妈妈雨精叫雨点儿妈妈，小孩雨精叫雨点儿宝宝。

　　雨点儿妈妈和村子里的农民非常亲密，只要天稍一旱，就会给田里下雨，而农民也会送她些柿饼子、年糕、漂亮的碎布头什么的当谢礼。雨点儿宝宝就一直待在林子里，盼着妈妈的这些礼物。

　　一天，雨点儿妈妈拿着干爽的白色粉末回来了。

　　"妈妈，这是什么？"

　　雨点儿宝宝眼睛瞪得滴溜圆，问。

　　"你听好了，这叫砂糖。今天，妈妈下了十五块田的雨，农民送的。"

　　"可就这么一点？"

　　四方形的纸里，只有那么一小匙砂糖。

　　"是啊，这么好吃的东西，哪一家也没有多少啊。妈妈从前尝过了，今天，这些就给你吧！"

　　于是，雨点儿宝宝就一个人把那点砂糖舔了个精光。然后，雨点儿宝宝一骨碌躺下了，久久地快乐地回味着砂糖的滋味。

　　得，打那以后，雨点儿宝宝别的什么吃的都不喜欢吃了。不管是多么好吃的核桃、樱桃、葡萄干，只要妈妈一拿过来，就把脸往边上一扭：

"不要不要！不是砂糖不要！"

雨点儿妈妈发愁了。一边发愁，一边想，砂糖也实在是好吃的东西。

"下回，妈妈再去要。"

可雨点儿宝宝没听见，舞手跺脚地大声叫了起来：

"不要不要，现在就要！"

核桃、樱桃、葡萄干撒了一地。

（这样下去，这孩子非瘦了不可……）

一天晚上，等宝宝睡着了，雨点儿妈妈悄悄地来到了农民家里。

"晚上好。"

雨点儿妈妈在树篱笆那儿站住了，用细细的声音招呼道。扎着的银色头发在风中呼啦啦地飘舞。

"晚上好，女主人。"

只见木门开了，胖胖的女主人露出脸来。

"哎呀，这不是雨点儿太太吗？今天够了哟，方才下过雷阵雨了啊！"

"不不，今天有事相求……"

雨点儿妈妈把手搭在要关起来的门上，像是要追过来似的说：

"女主人，能给我一点砂糖吗？"

"砂糖？"

女主人张大了嘴巴。

"是你要吃吗？"

"不，是我儿子馋得不行。"

"唔……"

精明而又吝啬的女主人的眼珠子骨碌一转。然后，突然换了一个亲切的声音：

"真是不巧，我们家孩子一大堆，就连喂蚂蚁的一点砂糖也没剩下啊。"

"是吗……"

雨点儿妈妈无精打采地低下了头。于是，女主人仿佛记起来了似的，"啪"地拍了一下巴掌：

"不过，我们家里有砂糖树呢。"

她说："就——是，砂糖树。"

雨点儿妈妈吃了一惊：

"有那样的东西吗？"

"啊，我这就带你去看，跟上我。"

女主人笑了，露出了闪闪发亮的金牙。

（讨厌讨厌，这人把钱放进了嘴里？）

雨点儿妈妈觉得脊背上蹿起了一股子寒气。

女主人匆匆地走在前头。

防风林那边——到去年为止还种着卷心菜的田里，种的是一大片甘蔗苗。

"这就是那片能提取砂糖的树啊。"

女主人扬扬得意地用手一指。

"我们家从今年开始，才种甘蔗的。用不了多久，就能大量地提取甜甜的砂糖了。"

这让雨点儿妈妈赞叹不已。她以为，像桃树、栗子树每年能结出好吃的果实一样，这树本身就能长出白色的砂糖来。

"不过，我有件事想和你商量。"

女主人把手搁在雨点儿妈妈的肩膀上，用亲切的声音说：

"这个夏天，在我们家的田里干活儿好不好？因为天一旱，甘蔗就全完蛋了。不要去别的地方了，我想让你只为我们家的田里下雨。"

怎么办呢？雨点儿妈妈想。

"喂，如果这样的话，砂糖你要多少给你多少啊！"

"真、真的？"

"啊啊，是真的呀。现在你看嘛，这么一大片田，砂糖你还不是敞开肚皮随便吃嘛！"

听了这话，雨点儿妈妈重重地点了点头。

"好吧！这下儿子可开心了。"

雨点儿妈妈跑回到林子里。

"宝宝，等到秋天吧。到了秋天，砂糖要多少有多少啊。不过作为交换，这个夏天，妈妈必须干上整整一个夏天了。"

沐浴着月光，雨点儿宝宝香甜地睡着了。这孩子，连睫毛都是银色的。虽然还像个毛线团似的孩子，但希望他很快就能成为一个强壮能干的雨精，雨点儿妈妈祈望着。

2

田里的甘蔗茁壮成长。

日光普照,一根根甘蔗高得都要仰起头来看了,叶子在风中发出哗啦哗啦的响声。田里成了一眼望不到头的绿色的海!

"妈妈,砂糖的树长大了吗?"

一边吮吸着手指头,雨点儿宝宝一边问。

"啊,长得可大了哟。"

"叶子甜了吗?"

听了这话,雨点儿妈妈笑弯了腰:

"你怎么会知道叶子是甜的呢?"

"嗯……那么,什么地方是甜的呢?"

"这个……"

雨点儿妈妈想了一下,自己也不知道。不过,她想,到了秋天,就会从那些树上落下来许多白色的砂糖吧!然后,就如同下了一场雪一样,田里一片雪白。

绣球花蔫了,布谷鸟叫了。雷声轰鸣,远山涌起了云彩。

不知不觉,已经是夏天了。

但是,在凉风习习的林子里,雨点儿妈妈并不知道夏天已经来临了。

不过有一天,女主人突然冲进了林子,一把就揪住了雨点儿妈妈,像暴怒了的牛一样吼叫起来:

"你怎么了?不知道夏天已经到了吗?"

"……"

"你看看太阳!"

女主人的食指朝天上一指。

"那橘黄色,就是天旱的征兆哟!我们家的田,已经干得冒烟了!"

"是我大意了。"

雨点儿妈妈认错道。

"赶紧去吧!再晚了,我们家的甘蔗就完蛋了。"

这个时候,雨点儿宝宝像只小耗子似的缩成了一团,连声音也不敢出。

"好了好了,再不快点去,连一匙砂糖也不给你了!"

说完,女主人就使劲去拖雨点儿妈妈。

雨点儿宝宝伤心地瞅着妈妈的背影。

村里真是旱得够厉害的。

道路上出现了龟壳似的裂缝,稻草人在干枯的庄稼地里笑着。甘蔗田是彻底地干了,蔫了的叶子,沙沙地摩擦着。

"你看看哟!你看看我们家的甘蔗!"

女主人把责任全都推到了雨点儿妈妈的头上,恶狠狠地说。

"好了,赶紧下场雨吧!下遍我们家的每一寸田。如果不这样的话,就真的不给你砂糖了哟。"

就这么一句话,让雨点儿妈妈哆嗦起来了。她连一句话也没说,往上一跳,像只鸟似的伸开了双臂,升到了高高的天上。然后,雨点儿妈妈就用银喷壶给田里下起雨来了。

可是，这不过是一场小小的晴天雨。靠雨点儿妈妈一个人的力量，要想让这么一大片田起死回生，实在是够呛的。落在甘蔗叶子上的雨，眼瞅着，就被太阳给舔光了。焦渴的大地怎么吸水，也吸不够。

女主人在下面脸色铁青地叫道：

"再下再下，不够呀——"

这尖厉的声音在四下里回荡。

"再下再下，不够呀——"

就这样，直到总算是把田浇透了，雨点儿妈妈才筋疲力尽地回到了地面上。

长长的夏天里，雨点儿妈妈每天就这样地劳作着。她梦见了甘蔗长大、落下砂糖的日子……

梦……是的。一边劳作，一边像真的做了一个梦似的。身子变得如同淋湿了的棉花一样重，头也昏沉沉的。她觉得早晚有一天，连自己的身子也会变成一滴雨点落下来。

（这可不行！）

雨点妈妈一边这样想，一边坚持劳作。

就这样，到了夏天的最后一天，雨点儿妈妈终于变成了东方天空上的一条小小的彩虹，随后就消失了。

3

撒娇的雨点儿宝宝一无所知，还在林子里等着妈妈。

可等啊等啊，妈妈也没有回来。

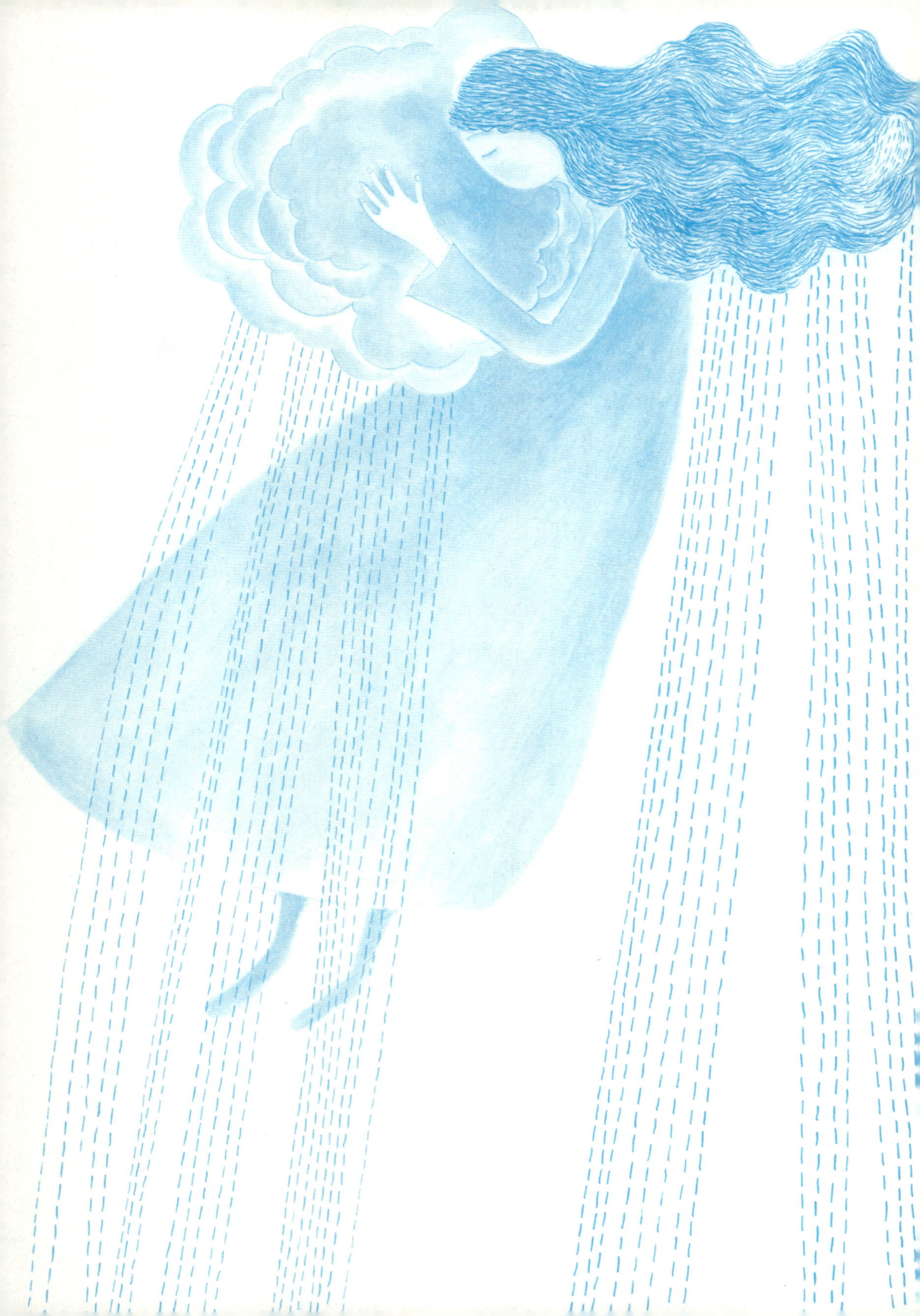

大波斯菊开了。

栗子落了。风变得冷飕飕的了。

当林子里铺满了落叶那一天，雨点儿宝宝总算是站了起来。

"去看一下吧。"

已经是十一月了。

迈着忐忑不安的步子，雨点儿宝宝向村子走去。一边走，眼前一边浮现出一片落满了砂糖的田。

（一定掉下来好多的砂糖吧！就是，说不定妈妈每天都在吃砂糖。因为砂糖太好吃了，也许就把我给忘了。）

雨点儿宝宝想着这样的事。

"好吧，我也要快点。"

雨点儿宝宝跑起来。跑啊跑啊，好不容易才跑到了田里。

可是，那个地方——从前妈妈说过的防风林那边，什么也没有了。不要说甘蔗了，连一根草都没有。

那里是一片一望无际的空地。

"哎？"

雨点儿宝宝倒吸了一口气。他想，不是找错地方了吧？就在这时，从对面走过来一个眼熟的农妇。

"啊，是她！"

雨点儿宝宝朝那边走了过去。

"大婶，大婶，砂糖田在哪里啊？"

女主人一见到这个孩子，就记起来了：

（啊——雨点儿的小崽子来了啊！）

可又立即装出一副不认识的模样，目光移向了远方：

"砂糖田？是说的甘蔗田吧？"

她问。雨点儿宝宝点了点头。于是,女主人冷冰冰地这样说道:

"甘蔗啊,前些日子就全都被割了下来,刚刚卖给了工厂。装了十辆大卡车呢!"

雨点儿宝宝睁圆了眼睛。割下来了?卖给工厂了?

"那掉下来的砂糖呢?"

这时,女主人大笑起来:

"哈哈哈。树上不会掉砂糖的。工厂里不用机器,是提取不出砂糖来的。"

"可那、那不是说好了的吗?上次不是说好给砂糖的吗?"

"说好了的?我怎么一点不知道?"

女主人把脸扭向了一边:

"不可能!"

雨点儿宝宝揪住了女主人的裤子:

"夏天的时候,你不是说下完了雨,就给砂糖的吗?不是吗?不是吗?"

"哼,胡说。如果下雨还要送礼,那还要给太阳、给风送礼了!"

女主人甩开了雨点儿宝宝。

"我们家孩子一大堆,就连喂蚂蚁的一点砂糖也没剩下啊。"

丢下这么一句话,女主人咚咚地走开了。

田对面制糖厂的烟囱,慢吞吞地冒着烟。啊,我们被骗了啊!直到这时,雨点儿宝宝才总算是明白过来了。

"妈妈……"

雨点儿宝宝眯缝起了眼睛。于是，就在无边的茶色的田的另一头，看到了一个东西闪了一下。他以为那是个银碗。

（哎？什么呢？）

雨点儿宝宝跑了过去。跑近了，却像一根棒子似的竖在了那里。

啊呀，田当中闪闪发光的，是把喷壶。是用完了最后一点力气的雨点儿妈妈从天上掉下来的银喷壶。

（妈妈已经不在了。）

雨点儿宝宝现在算是清楚地知道了。

然后，就是在这个时候，雨点儿宝宝不再撒娇了。他知道了愤怒。

"我要快点长大成人！"

雨点儿宝宝嘴里咕哝了一句。他想，当我长成一个真正的大人的时候，要让这个村子下一场大雨！

"把房子和田全都冲走！"

丢下这么一句话，雨点儿宝宝抱着喷壶，回到了林子里。那脚步像大人一样有力。

4

从那以后，好些年过去了。

村子仍然安宁和平。甘蔗田一望无际，制糖厂生产着大量的砂糖。

真的平安无事，岁月就那么流走了。

那个坏心眼儿的女主人，已经上了岁数。腰也弯了，耳朵也听不见了，枯树似的身体躺在薄被子里。

一天，这个老太婆把她最疼爱的一个孙女，叫到了枕头边上，突然说出这样一句话来：

"去给雨点儿砂糖。"

"什么？"

女孩吃惊地问。

"奶奶，什么雨点儿啊？"

于是，奶奶就叽叽咕咕地开始讲起了从前的往事。把自己对雨点儿妈妈和她儿子所做的一切，都说了出来。

"那雨点儿宝宝不是很可怜吗？"

女孩泣不成声地嘟哝道。奶奶微微地点了一下头，又说了一遍：

"去给雨点儿砂糖。"

那后来没几天，奶奶就死了。

正好是甘蔗收获的季节。没有一点先兆，一场倾盆大雨突然就向这个村子袭来了。

雨一连下了三天。如注的暴雨凶猛地下个不停，眼看着，河里涨水了。

"桥被冲垮啦！"

有谁尖着嗓子叫了起来。

"上屋顶！"

"让木筏浮起来!

"不不,全都逃到山丘上去吧!"

响起了刺耳的警报器的笛声。

然而,从来没有经历过这样的大雨的人们,乱成了一团。

"啊啊啊啊,甘蔗田完了。全都完了。"

"又何止是甘蔗田啊,房子要被冲走了。"

这时,那个农民家的女孩猛地用一个尖锐得叫人吃惊的声音叫道:

"雨点儿宝宝发怒啦。妈妈,给他砂糖!"

女孩睁着的眼睛大得吓人。

"砂糖,砂糖。"

说完,女孩就进到厨房,抱着砂糖罐子冲到了外面。

"啊呀,别出去!"

女孩的妈妈从后面追了上来。但是,红裙子在雨中飘闪了一下,女孩的身影就不见了。

然后很快,雨就难以置信地停住了。

剧烈的雨声消失了,村子里一下子静了下来。人们惊恐地打开了窗户。村子得救了,差一点房子和田就被冲毁了。

可是,尽管水全退了,村子又恢复了原样,那个女孩却没有回来。都找遍了,也没有找到。

"肯定是在河里了。可怜,被冲走了。"

人们悄声地说。

不过,有人曾经见到过女孩。是去林子里采蘑菇迷了路的人。

"穿红裙子的女孩,告诉了我去村子的路。"

"那么,那孩子长了什么样一张脸?什么样的发型?什么样的声音?"

"脸我记不清了,声音格外清晰悦耳,头发嘛,在月光下看上去是银色的。"

"……"

人们互相对视。

"对了对了,还有一个银色头发的小伙子。两个人还请我喝了甜饮料哪。"

"甜饮料?不是砂糖水吧?"

"也许吧。因为渴了,好喝得不得了。"

"那么,肯定是那孩子了。那孩子,是抱着砂糖罐子出门的。"

然后,村里的人们一起向林子里跑去。

他们分成好几个组,在广阔的林子里仔仔细细地找开了。

但林子里一个人也没有。

那里,唯有狗尾草的银色的穗子在晃动……

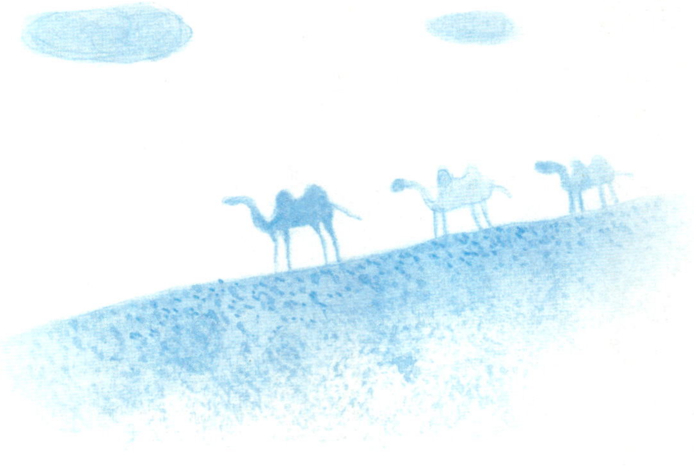

夕阳之国

关子送给我的药，是真的。

那药，在新的跳绳的绳子上只滴了那么一小滴，跳到五十下，就看见了夕阳之国；七十下，就去了夕阳之国；八十几下，就看见了骆驼的影子。

不过……一旦跳到一百下，就什么都结束了。

1

"那小窗子,就交给你啦。"

爸爸这样说的时候,知道我有多高兴吗?

他所说的窗子,指的是店里的橱窗。

面对大马路的,是一扇大窗子;面对背街小巷子的,是一扇小窗子。大窗子的玻璃总是擦得亮亮的,日光灯就有三支,里头干净地陈列着崭新的体育用品。

而那扇小窗子,玻璃又脏又模糊,污痕累累的墙上,只不过是钉着两三根生了锈的图钉而已。

爸爸没有意识到吧,面对小巷子开一个橱窗,基本上就没有什么用。小巷子里头,只有餐馆通向厨房的入口、荞麦面条店的后门、面包坊什么的,前面又是死胡同,这样的一扇小窗户,不管你陈列上怎样漂亮的东西,也不会吸引人们的目光。就因为是这样一扇小窗子,爸爸才把它交给我了。

"喜欢怎么摆,就怎么摆好了。"

爸爸说。

"真的?放什么东西都行?是吗?是吗?"

我开心得不行,那个晚上怎么也睡不着了。

不管怎么说,我觉得这是一件了不起的事。到今天为止,有谁把整个橱窗交给一个孩子吗？

黑暗中，我一边扑闪扑闪地眨巴着眼睛，一边想，怎么摆那个窗子呢？

第二天，我兴冲冲地赶到店里，对爸爸说：

"喂，没有往小窗子里摆的东西吗？"

"啊啊？"

爸爸一边打开新球的箱子，一边爱理不理地应了一声。

我兴冲冲地继续说："正好放得下一个网球球拍。要不，棒球手套什么的。啊，登山鞋也行。"

可爸爸却说：

"你呀，球拍是摆在大窗子里的呀。小窗子，总觉得那玻璃不密封，就是把新的棒球手套放进去，也会变得脏兮兮的。"

就这样，结果爸爸只给了我的小窗子一根跳绳的绳子和一双运动鞋。

即使是这样，我还是兴冲冲地装饰起自己的窗子来。后面的墙上，贴上了一张橙黄色的纸，把跳绳的绳子绕成一个圈挂了上去。然后，把雪白的运动鞋随随便便地摆到了它的下头。好漂亮啊。

我往后退了两三步，眺望着。然后，又往后退去，扑通一声撞到了荞麦面条店的后门上，大婶探出头来。于是，我询问道：

"大婶，怎么样，我摆的橱窗？"

"嗯，觉得有点煞风景呢！摆上偶人和花多好啊，那不是更漂亮嘛！"

哼，我在心底说了一声。那背景的奥妙，大婶不懂呢。那是一边跳绳,一边去遥远的橙黄色的国度的意思。

可是,没有一个人能看懂它的意思。不仅是大人,小孩也不懂。小巷里的孩子们,一放学,就三五成群地从我的窗子前面向公园跑去了,睬也不睬我装饰的小窗。

2

不过有一天,一个小孩凝神站在我的窗子前面。

是个女孩。一头卷曲的长发。鼻子紧紧地顶在玻璃上,那孩子就仿佛是个偶人似的一动不动。见我走过去,女孩长叹了一声,说:

"好漂亮的装饰啊。"

"……"

"多好啊。后面的橙黄色,不就像夕阳之国一样吗?"

我都张皇失措了。被一个不认识的女孩突然赞美了一番,而且,什么夕阳之国,多么美丽的词汇啊。我目不转睛地盯着女孩,然后问道:

"你是谁?是哪家的孩子?"

女孩唰地一下回过头来,高傲地说道:

"我们家是克娄巴特拉美容院。"

"克娄巴特拉?我不知道啊。"

"就在那边大楼的十五楼呀。"

女孩朝马路对面一幢新的大楼一指。

十五楼的美容院!

我立刻出神地叫出了声。那一定是一个漂亮的地方吧！怪不得女孩的头发是卷的，红扑扑的脸蛋那么光润。而且，还能懂得我装饰的奥妙。

女孩的红裙子飘荡了一下，说：

"我叫关子。"

接着，突然压低了声音：

"哎，跳绳你能跳一百下吗？"

"能跳呀。"

"可是，途中摔倒了可不行呀。能连着跳一百下吗？"

"能跳呀。"

"那样的话，我就告诉你一件好事情。你要是跳到五十下，就能看见夕阳之国了。跳到七十下，就能去夕阳之国了。然后跳到一百下，又能返回来了。"

这孩子在说什么哪？我想。这时，关子从兜里掏出一个细长的瓶子，冲我晃了晃，摆出一副装腔作势的样子，说：

"不过，要把这药涂在跳绳的绳子上才行。"

"什么？让我看看呀。"

我伸出手去。可关子却把瓶子藏到了身后。

"白看可不行啊。能送给我一根跳绳的绳子吗？"

她朝橱窗里翘了翘下巴。

"唔……如果那药是真的话。"

我打开橱窗的玻璃，把装饰在里头的绳子摘了下来。关子一把就把它抢了过去。

"当然是真的了。我这就试给你看，看仔细了哟！"

说完，就把瓶子伸到了我的鼻子尖儿。时髦的六角形的瓶子里，装着黏糊糊的橙黄色的水。

"把它在绳子上滴一滴，就一切都OK了。"

关子在绳子当中，啪嗒，滴了一滴橙黄色的水。然后，拉开绳子，抓住两边的绳子头，欢快地跳了一下。

"一。"

卷曲的长发飘扬起来。

"一起来数呀。"

关子喊道。

"二、三、四……"

关子绳跳得很好呢。就像一个弹性十足的球似的，轻盈地跳着。接着，当数到五十的时候，关子陶醉似的眯缝起了眼睛，说：

"啊，看见了啊，看见了啊。夕阳之国，模模糊糊的。"

我不由得朝四周看去。

"错了呀。不进到跳绳里，看不见啊。喂，进来一起跳吗？"

我的心嘭嘭跳个不停。

"快点进来，快、快。啊，邮递员——请进来……"

关子唱起歌来了。我闭上眼睛，怯生生地跳到了关子的绳子里。

"跳得好，跳得好！"

关子的声音在我耳边跳跃。

"看——呀，六十九、七十，到处都是橙黄色的啦。"

我睁开了眼睛。

啊，是真的，四周是一片橙黄色的沙漠。

这会儿，沙漠里，夕阳正在下沉。红色的地平线血一样的红。虞美人草颜色的天空。

我们这会儿确实不是在小巷里，而是在夕阳之国。不是在街道那硬邦邦的柏油路上，而是在踢着滚烫的沙子跳着。

"八十五、八十六。"

关子数着，眼睛变成了玫瑰色。

"八十七、八十八。"

关子突然把脸扭向了一边，这样说道：

"看哟，骆驼从对面走过来了。"

"什么？"

移过目光，远远地看见了背对着夕阳的单峰驼的小小的影子。无边无际的沙漠上，骆驼的影子是那般孤独。不是吗？只有那么一头。骆驼的背上驮着山一样的东西，摇摇晃晃地走着。

"孤零零的一头呢！"

"可不是。它大概是吉卜赛人的骆驼吧！听说吉卜赛人带着成群的骆驼、羊和鸡，穿越沙漠哪。到了夜里，就在沙子上搭上白色的三角形帐篷睡觉。可是，沙漠里有盗贼，一天晚上，他们突然遭到了袭击。一场激战之后，人呀家畜呀，都跑得七零八落了。等发现的时候，沙漠里只剩下那一头骆驼了。"

一下子，我忍不住可怜起那头骆驼来了。我想飞奔过去，把那堆沉重的东西卸下来。

"喂，到那头骆驼那儿去吧！"

我这样叫的时候，头一阵眩晕，骆驼站的位置换成了荞麦面条店的后门。地平线什么的，根本就没有，窄窄的小巷子里，弥漫着

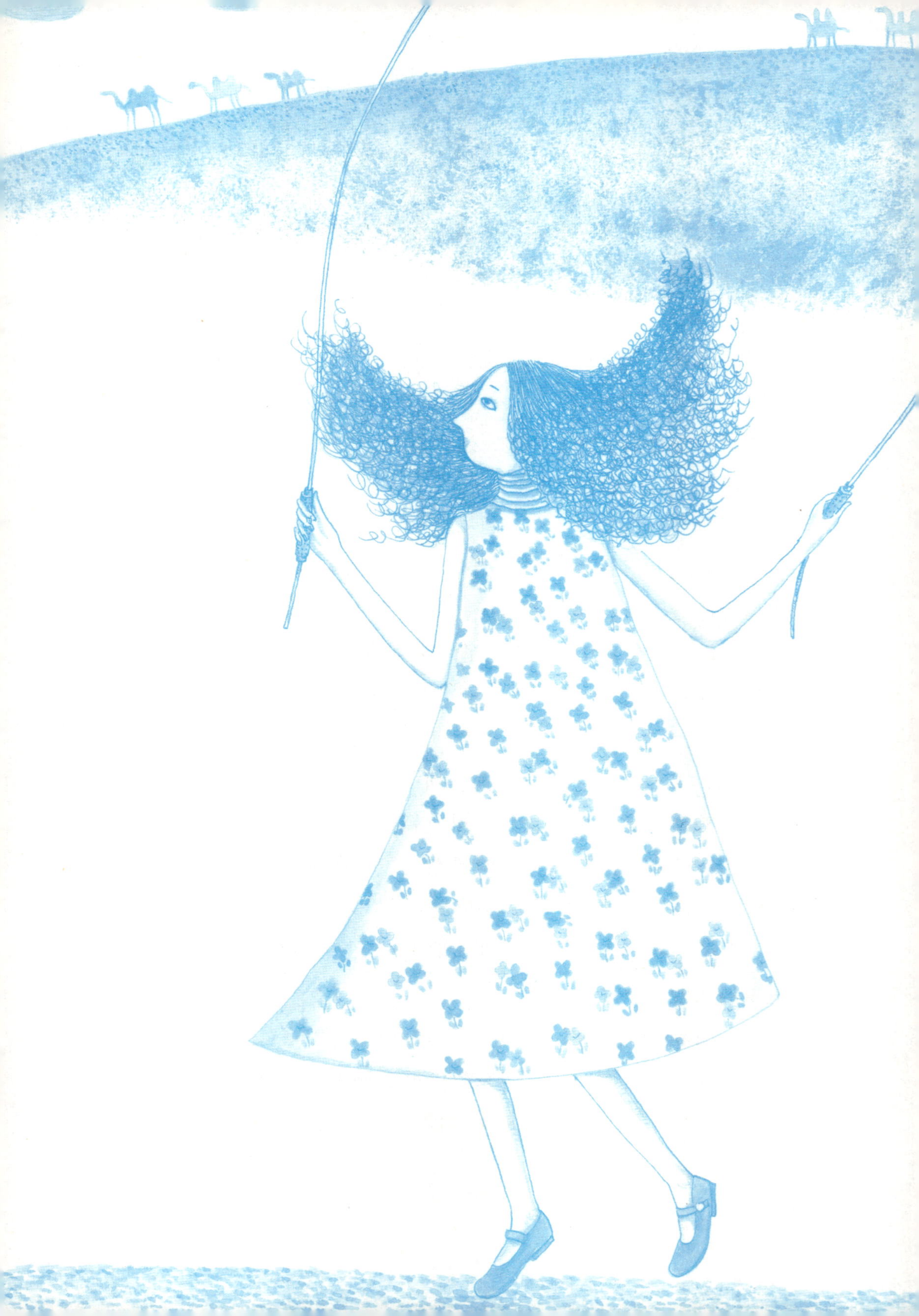

一股烧肉的香味。

"一百呀。已经结束了呀。"

我清楚地听到了关子的声音。

我发了好一阵子的呆。然后，才上气不接下气地询问道：

"这么奇妙的药……到底是从什么地方拿来的？"

关子微微一笑：

"从妈妈那里拿来的。克娄巴特拉美容院里，这样的东西还有好多啊。"

"真——的？"

"真的呀。喂，现在去我们家吗？说不定，也能给你一瓶哪！"

我蹦了起来。

"跟我来。"

关子跑了起来。

沿着大马路没跑多久，过了红绿灯，就是那幢大楼的前面了。进到里头，正对面的电梯正等在那里。两个人"嗖"地一下钻了进去。关子踮起脚尖，以一个非常熟练的手势按下了按钮。

很快，电梯就停在了十五楼。

门"嚓"地打开了。

眼前就是"克娄巴特拉美容院"那时髦的招牌。

"嗨，好大的店啊！"

我的声音好大。关子一脸的恐惧，"嘘——"了一声。

"安静一点。我妈妈最讨厌小孩子来店里了。"

"为什么？"

"还问为什么，影响工作呗。所以，我们必须偷偷地溜进去。"

关子踮着脚尖向前走去。真是巧了，美容院的门正好开着。关子身子一闪溜了进去，躲在一个巨大的烧水器的影子里，冲我招招手。我追了过去，她贴在我的耳边，悄声说道：

"看，那就是我的妈妈呀。"

围成一圈的镜子里，有几个穿着白衣服的女人正在忙碌着。我知道了，其中个子最高的那个、像美人蕉一样的人，就是关子的妈妈。

关子的妈妈一边为客人梳头，一边在镜子里笑着。

我正看得出神，关子从边上的架子上，一把取下一个瓶子。

"这个，送给你吧。"

她说。也是一个六角形的瓶子，盛着橙黄色的水。我有点犹豫：

"行吗？也不说一声就拿走？"

"没事的。过后我会跟妈妈解释的……"

"可是……白拿行吗？"

"行啊。"

关子让我用手握住瓶子，然后抓住我的手腕，一个劲儿地往外拖。

"那么，我就送到这里了。"

在大楼的一楼，关子像大人那样彬彬有礼地说道。

天已经开始黑了。

3

关子送给我的药，是真的。

那药，在新的跳绳的绳子上只滴了那么一小滴，跳到五十下，就看见了夕阳之国；七十下，就去了夕阳之国；八十几下，就看见了骆驼的影子。

不过……一旦跳到一百下，就什么都结束了。正想往那头孤独的骆驼的边上再走几步的时候，夕阳之国就消失了。我是那么地想和骆驼成为朋友，我是那么地想抚摸那可爱的驼峰，一次就行，可是……

但是，意想不到的好事发生了。

因为我每天在店前头跳绳，来买绳子的人渐渐地多了起来。

"跳绳，省钱的健身方法呢！"

头一个顾客这样说。我悄悄地把那药涂在绳子上，卖了出去。可不久，就有人来买绳子了，还这样说道：

"听说你们这家店的跳绳，不知为什么很特别呢！"

"说是跳久了，四周就看得见橙黄色。"

就这样，绳子愈卖愈多。

"唔，是不是因为装饰了小窗子的缘故呢？"

爸爸歪着脖子，认真地想。

"如果真是那样的话，你还真有才能呢。从现在开始，就学习美术好了。"

然而，我的心却一天一天郁闷起来。我怎么就不能见到那头骆驼呢？我连在梦里都能梦见骆驼那湿润的眼睛、长长的睫毛了。梦里头，骆驼这样说道：

"快点来。我要倒下了。"

（啊啊，那头骆驼确实是在等我啊。它在等一个跑过去、帮它把背上的东西卸下来的好心肠的人啊。）

我一想到这里，就忍受不了了。跳绳的时候，在夕阳之国，我和骆驼之间的距离，永远永远都是一样的。就仿佛有一块玻璃把它给隔开了似的，它在那一边，我在这一边，手也摸不到，声音也听不到。是的。骆驼的脖子上确实拴着一个大铃铛，但那声音，却一点也听不见。

"为什么总是一跳到一百下，就结束了呢？就不能在那里多待一会儿吗？"

一天，我问关子。只见关子眼中露出深思的神色：

"是呀，我也常常想呀。至少，到一百二十下为止，能留在夕阳之国里。那样，不就能走到骆驼的身边了？"

然后，关子突然放低了声音：

"是有一个方法。不过，如果做了，就再也回不到这边来了，一辈子都要在夕阳之国生活了。"

（那样也行吗？）

关子用眼睛询问道。我的心一边嘭嘭地跳，一边问：

"那、那是……什么样的方法呢？"

"运动鞋哟。"

关子干脆地说。她的手指，指着我橱窗里的那白色的帆布鞋。

"把药厚厚地涂在运动鞋上。于是，跳五十下就能看得见夕阳之国，跳七十下就能去得了夕阳之国。那样的话，就停止跳绳，就跑呀。一直飞快地跑到骆驼那里。那样的话，那个人，就已经是夕阳之国的人了！"

夕阳之国的人——

不知为什么，这话听上去挺悲哀的。自己那站在一个人也没有、也分不清东西的沙漠中间的身影，浮现在了心里。我涌起了一种无法形容的孤独。关子用大人的腔调说：

"喂，不想回不来吧？所以，还是别做那样的事才好。"

接着，仿佛安慰我似的说：

"即使不去，也能听得到夕阳之国的声音呢！"

"真的？"

我得救似的睁开了眼睛。

"我想听听呢。怎样做才行呢？"

"嗯，我们家的美容院有吹风机吧，钻到那里面，就能听得到。"

"哎……"

从那个圆圆的、烫头发的机器里头，能听到夕阳之国的声音，这实在是让我觉得神秘。

"下回，来听一听哟。"

关子莞尔一笑。

"下回，什么时候？"

"是呀，星期二好吗？"

"那你妈妈不说吗？"

"下个星期二，有好多场婚礼，妈妈要外出的。这家大饭店、那家会场地转圈子，要做十个、二十个新娘子的头发。所以，店里就关门了。"

是这样啊，我点点头。

"那么，那天我一定去哟！"

星期二的早上，关子在克娄巴特拉美容院的门口等着我。

"妈妈刚刚才走。大包里塞了满满一盒子的工具，领着五位美容师走了啊。大概要到夜里才能回来啊！"

这么说，这么大一个美容院，就成了我们的房间了。

围成一圈的镜子里，映出了好几张我和关子那不可思议的白花似的脸。玻璃架子上，排列着许多瓶子，吹风机全都是巨大的风铃草的形状。

"喂，哪一台吹风机能听得到呢？"

"哪一台都行呀，只要滴上一滴药。"

关子在自己面前的吹风机上滴了一滴橙黄色的药水，指着椅子说："请。"

我战战兢兢地坐到了椅子上。关子把吹风机全部罩到了我的头上，叫道："好了吗？我要通电了呀！"啪，她按下了上面的按钮。

扑扑扑——

微热的风涌了出来。风呼呼地包围了我的脑袋。

"好厉害！这就是夕阳之国的声音？"

我大声地叫道，可我自己的声音，自己就仿佛听不到似的。关子点点头。然后，在我的手上用手指这样写道：

沙　暴

啊，这确实是沙漠里的沙暴的声音。呜——呜——咆哮着，刮起旋风的声音。我情不自禁地闭上了眼睛。

在这风暴的背后，丁零——传来一个轻轻的清脆的声音。

（铃铛！骆驼的铃铛。）

我的眼皮后面，立即出现了一个橙黄色的世界。我喜出望外，实在是忍不住了，情不自禁地喊了起来："嗨——"

啊啊，铃铛声大了起来。骆驼离这里近了。就要到了、就要到了……

"喂，这里哟，我在这里哟——"

可就在这时，风声"啪"地一下止住了，四下里难以置信般地静了下来。

"已经结束了呀。"

偏巧这个时候，清清楚楚地听到了关子的声音。

"怎么会！"

我突然想哭了。跳绳也罢，吹风机也罢，怎么全都是半途而废？就差那么一点，就到了骆驼的边上，怎么就消失了？简直就像早上的梦一样……

"为什么呢？为什么不一直持续到结束呢？"

我像个撒娇的孩子似的，哭个不停。

可这个夏天，我们家的跳绳也卖得太火爆了。先是一天卖出去两三根，后来十根、二十根，不久一天就能卖五十根了。就像流行起跳绳来了似的。

小巷子里，跳绳的孩子一天比一天多。有时候，荞麦面条店的大婶就会从后门伸出头来，叫道：

"妨碍交通呀,到公园跳去!"

我悄悄地问几个好朋友:

"喂,跳绳时,看到夕阳之国了吗?"

一个朋友说:

"啊,不知为什么,有一种被橙黄色包围起来了的感觉。"

我点点头,又问:

"知道夕阳之国的骆驼吗?"

大伙儿摇摇头。这是当然的了,因为很少有孩子跳绳能连续跳到一百下嘛!骆驼的事,还只是我和关子的秘密。

这样有一天,我的那个瓶子终于空了。为了再要一瓶,我去了克娄巴特拉美容院。

4

"请叫一下关子。"

在美容院入口,我彬彬有礼地对一个身穿白衣的人说。

"关子?"

女人想了一下,答道:

"没有这么一个人在这里工作啊。"

"不,不是美容师,是个小孩。是这家人的孩子。"

"这家人?这是店呀,一到了夜里,大家就全都回家了呀。"

说完,女人就转过身去,又要忙开了。这时,尽头的镜子里映出了那个美人蕉一样的夫人,我指着她,大声叫了起来:

"就是她的孩子哟——"

于是,店里的声音——客人的喃喃细语、音乐、水的声音和电器的声音,顿时就全都停住了。接着,店里的人转过脸来。高个子夫人立刻不客气地走了出来。

"什么事?找谁?"

"关、关子。"

我脸色苍白地小声说道。

"你说的人,这里没有啊,到底是一个什么样的孩子呢?"

我把我所知道的关子,尽可能地形容了出来:

"像我这么大的一个女孩,头发长长的、卷卷的,还有……还有……"

有人突然尖声叫起来:

"啊,一定是那个孩子哟。喏,就是打扫大楼的阿姨的……"

"对对,常常有小孩来偷化妆品呢。"

"一闪就不见了。说不定,你也是那孩子一伙的。"

有谁嘲讽道。我惊呆了,夫人指着走廊,对着呆立在那里的我的耳朵悄声说道:

"瞧,准是那个人的孩子吧!"

对面洗手间的门,被猛地打开了,接着,出来一个扛着拖把的女人。

那张脸,与关子像得叫人吃惊。

我倒吸了一口冷气。脸一下子发烫了,心怦怦地跳了起来。

"不是哟!"

我大声叫道。然后,奔出美容院,跌跌撞撞地冲下楼梯。

(不是哟——不是哟!)

从十五楼到一楼,好长的一段路啊。

(不是哟——那孩子,没有偷东西哟——)

到家里为止,我就这样一遍一遍地重复着,不过,我还是想,那是真的吗?

可是,到了家里,又有了一件新的让我吃惊的事。

摆在小窗子里的运动鞋,不知何时消失了。

无影无踪了。

我像一根木头似的,呆若木鸡地站在空空荡荡的橱窗前头。

(啊,是这样啊。)

好半天,才醒悟过来。

(那个孩子,去了夕阳之国啦。穿着运动鞋,走啦。)

关子那和骆驼一起坐在夕阳的沙漠上的身影,浮现在我的眼前。

现在我想。

说不定，从一开始，关子就是夕阳之国的孩子吧。就像我们暑假去一个遥远的地方旅行一样，那孩子正好来到我们的世界转了一圈。

如果不是这样，为什么她能让我看到一个那么真实的夕阳之国呢？

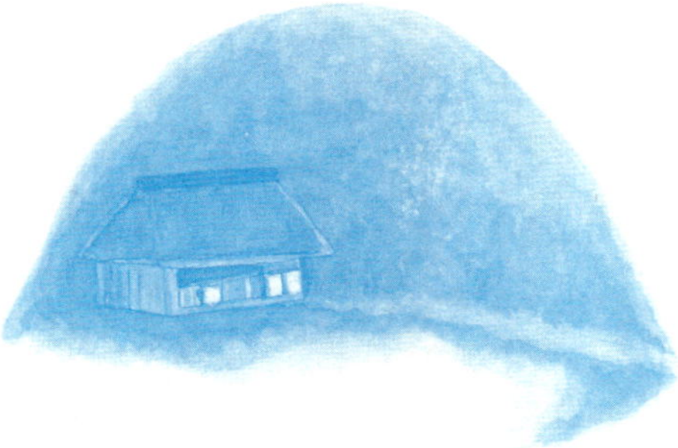

谁也不知道的时间

把我的时间分给你吧!
半夜十二点开始的一个小时。
这个时间里,
你不管去什么地方,
干什么,谁也不知道。

1

  岩石背后，睡着一只大海龟。

  海龟的龟壳和岩石是一样的灰色，总是一动不动地待在那里，看上去仿佛是岩石的延续似的。

  这只海龟已经活了两百年了。尽管如此，它还有一百年左右的寿命。

  "已经腻透了。"

  一天黄昏，看着沉下来的夕阳，海龟这样说道。

  "没有一点有意思的事，却有用不完的时间。"

  海龟又闭上了眼睛。最近这些日子，连做的梦都是一样的了。每天都梦见住在海底的女孩。女孩梳着辫子，穿着浴衣，系着三尺长的红色的腰带，像水中花一样地轻轻飘舞。

  "那是谁呢？"

  海龟晃了一下脑袋，回忆不起来了，它突然想喝酒了。是什么时候的事了，有一回它慢吞吞地爬到了海岸上，引来人们一阵骚动，还给它喝了酒。那是它头一次喝酒。身子里，有一种玫瑰色的黎明到来了的感觉。从那以后，这只海龟常常爬到海岸上来找酒喝。不过，最近这些日子，连沉重的身子都懒得动一动，所以，每天就一动不动地趴在岩石背后，净做一样的梦了……

啊啊，尽管如此，还必须要再活上一百年！

"可真受不了呀。"

海龟重重地叹了一口气。这时，上面有谁也说了一句：

"可真受不了呀。"

"谁、谁？"

海龟发出了不高兴的声音。

"学别人说话，可太不礼貌了。"

可那家伙不服气地说：

"学别人说话？我是因为真的受不了了，才说受不了的。"

海龟尽可能地伸长了它那短脖子，想看看这个傲慢的家伙是谁，可怎么也看不见。于是，就问道：

"你是人吗？"

"啊，是人。渔夫良太。"

那是一个精神头儿十足的小伙子的声音。小伙子好像就站在旁边的岩石上。

"你有什么受不了的？"

海龟一边缩回脖子，一边问。于是，渔夫良太说：

"我忙得没有闲空儿。"

"没有闲空儿！那不是很好吗？"

"好什么好。每天忙得要命，连修网的闲空儿都没有。网子本来不过是破了一个小洞，一会儿没顾得上它，看，就变成了这个样子。"

随着话音，海龟的眼前垂下来一片网子。中间有一个大大的洞。

"哈哈哈，这简直就像是鲸的通道。"

海龟大笑起来。这么有意思的事，多少年没有过啦。不过，这时海龟又想到了另外一件有意思的事。

"我说，良太。"

海龟又招呼了一遍。

"你那么想要闲空儿，把我的时间分给你吧。"

"……"

"我还有一百年多余的时间。"

"可、可是，我怎么才能使用你的时间呢？"

于是，海龟像个大彻大悟的老人似的，这样回答道：

"这你不用担心。海龟自有海龟的做法。如果稍稍施点魔法，修个洞这么一点时间，要多少可以分给你多少哟。怎么样，一天一个小时？"

"一天一个小时？就给我这么一点吗？"

"哎呀，可不能那么贪得无厌。人一天只有二十四个小时，而你却拥有二十五个小时了。这是了不得的事啊！那多出来的一个小时，你要干什么，绝对没有人知道。喏，就像是披上了隐身蓑衣似的。我想，动点儿脑筋，什么有意思的事都能干呢。"

"是这样。那么，那一个小时，究竟什么时候来呢？"

"半夜十二点之后。你用完了那一个小时，时刻又会变回到原来的十二点。不过，你干过的活儿会留下来。比方说，你要是补了网的话，即使是回到了原来的十二点，网上的洞也已经补好了。"

"是——这样，那可太好了。那就拜托了。"

这时，海龟这样说道：

"作为交换，你给我送点酒来吧。"

"咦，你喝酒？"

"是啊，装满满一杯子吧。"

良太点点头，答道：

"好吧。"

"那样的话，从今天夜里开始，一个小时一个小时地分开给你吧。那样，我的时间也能减少一点哪。"

一边听着小伙子跳到对面岩石上的声音，海龟一边嘀嘀咕咕地嘟囔道。

2

良太的家，在海边的草原上。

屋顶是石头砌的，矮矮的，即使是暴风雨来了也刮不走。一扇门，一扇窗，房间也只有一间。那小屋子里，就只住着良太和腰都弯了、跟一根枯树似的老奶奶。

良太的爸爸死在海里了，妈妈病死了，他还没有媳妇。如果要说有什么财产的话，那就是破旧的小船一艘，破烂的网子一副。尽管是这样，良太还是觉得穷光蛋一个，干干净净也挺好。

然而，今天不对了。得到了其他任何人都不可能拥有的、不可思议的一个小时，良太笑逐颜开了。

"第一天要先修网。从第二天起，干什么好呢？对了，练习敲大鼓！在夏祭前，让技艺好好长进长进，争取成为村里的第一名！大家准会大吃一惊，会说，良太到底是什么时候练的呢？"

海边的路上，良太一边拖网，一边像个孩子似的欢蹦乱跳地走着。

就是回到了小屋子里,良太还是平静不下来。旧钟咔嗒咔嗒的声音,在他的脑子里回响。老奶奶和他说什么,他也是心不在焉,连晚饭都没吃出滋味来。

"今天的良太不一样,有点怪呢,莫不是吃了咸梅干的种子?"

这样咕哝着,老奶奶钻进了被窝里。

不久,钟就懒洋洋地敲响了半夜十二点。良太不由得闭上了眼睛。

(终于来啦!来啦来啦!)

握紧了两只手,战战兢兢地睁开了眼睛。可身边与前面没有一点变化。被煤烟熏得黑乎乎的小屋子里,亮着一盏昏暗的煤油灯,鸦雀无声。老奶奶呼呼地睡得正香。

(什么呀。这不是和往常一样吗?)

良太有点失望了。

(那个海龟,不是在说谎吧?)

不管它,先去修修网子再说吧,良太想到这里,站了起来。刚一站起来,就把边上的水桶给踢倒了。水桶发出嘎啦嘎啦的尖叫声,滚到了一边。

(糟糕!)

良太心一紧,朝老奶奶看去。可老奶奶纹丝未动。耳朵特别灵,连一阵风声也会马上就爬起来的老奶奶,根本就没有听见这水桶的声音。

(原来如此。)

良太这下算彻底明白了。这会儿，自己的确是在谁也不知道的、只属于自己的时间里了。

良太开始修起网来。为了不让这个破开的大洞再次裂开，他尽可能地把它补牢，补结实了。

就这样，好歹总算是把活儿干完了的时候，钟响了。慢慢地、懒洋洋地又敲响了十二点。

（原来如此，果然像海龟说的一样。）

良太深深地点了一下头。

第二天早上，良太和黎明一起爬了起来，捧着一杯酒，朝海龟那里奔去。

"海龟，说好了的酒哟！"

海龟睡在和自己一样颜色的岩石背后，像个摆设似的。怎么叫、怎么拍，也纹丝不动。良太把酒轻轻地放到了它的前面，回小屋去了。

哈，从今往后就有意思了。

把昨天补好了的网装到了小船上，良太出海了。鱼捕呀捕呀，一眨眼的工夫，小船就成了一座活蹦乱跳的银色的鱼山了。良太连坐的地方都没了。要是再往上装鱼，船就要沉了。良太那晒黑的脸笑开了颜，一边哼着鼻歌，一边回到了岸边。然后，去鱼市场把捕来的鱼卖了，卖了好多钱，买了一面大鼓。

（这下，从今天夜里开始就是大鼓的练习了！今年，我不能输给任何人，一定要成为村里的第一名！）

这天晚上，回到小屋，良太吃完晚饭，先睡了一会儿。然后，当钟敲响了十二点，他就像弹簧一样跳了起来。接着，就用力擂起了大鼓。

咚、咚咚咚。

声音震得狭窄的小屋都发颤了。然而，也没把睡着了的老奶奶震醒。

就这样，良太一天练习一个小时的大鼓，持续了好些天。谁也不知道，谁也听不见。

不过，良太买了大鼓的事，已经传遍了整个村子。因为卖给他那面大鼓的杂货店的老板娘这样说了：

"海边的良太买了大鼓呀。说是要练到夏祭为止，成为村里的第一名。可是，他也没有时间打啊。"

村人们点点头。

"嘿，那个穷光蛋良太还打鼓呢！"

"可是，打算什么时候练习呢？"

"一定是夜里。"

"真想去看一次啊。"

到了夜里，就有好事的人去了海边，蹲在了良太小屋的窗子下面。然后，就竖起了耳朵倾听着。但是，直到天亮，也没有听到大鼓的声音。这时，小屋的门开了，穿着睡衣的良太探出脸来。

"呀，早上好。在这里干什么呢？"

村人们慌里慌张地说：

"不，啊呀，只是想看一眼良太那漂亮的大鼓。"

良太微微一笑：

"大鼓啊，就在那里哟。每天晚上打得太厉害了，皮都要坏了。"

满不在乎地这么说了一句，良太打了一个大哈欠。

良太不知道拥有谁也不知道的时间会是这么快活的一件事。离夏祭还有二十天。

（到了那时候，会更快活啊。）

良太相信自己能得到第一名。再练上一阵子，良太的大鼓敲得就好上加好了。

3

夏祭的一个星期前。

钟指向了半夜十二点半。

良太正在一心一意地敲大鼓，有人当当地敲响了小屋的门。

（咦？）

良太敲大鼓的手停住了。这时候，门外传来了这样一个声音：

"好听的声音呢，能让我听一下吗？"

良太吓了一跳。

"谁、谁谁谁呀……"

谁也不可能听到的良太的大鼓声，但有人听到了。而且现在，有人正要跨进这段只属于良太的不可思议的时间里。

良太发不出声音来了，呆立在那里。同样的声音又响了起来：

"好听的声音呢，能让我听一下吗？"

良太跑到门口，闭上眼睛嘎吱一声打开了门。然后，战战兢兢地睁开了眼睛。

那里站着一个少女。

少女梳着长长的辫子,笑盈盈的。穿着浴衣,系着红色的三尺长的腰带。不过,是一张陌生的面孔。

"你是谁呀?都这个时候了,还来人家……"

良太怒目瞪向少女。可不知为什么他觉得特别晃眼,眼睛朝下看去。

少女咚咚地走进了小屋,一看见大鼓,就尖声叫了起来:

"啊,就是这面大鼓吧,连我那里都听到了!"

说完,少女突然就用手掌"嘭嘭"地敲起大鼓来了。

"呀,不行。会把老奶奶吵醒的!"

良太按住了少女的手。可只听少女这样慢慢地说道:

"这个时间,除了你和我,谁也不知道啊。其他的人,什么也听不见啊。海龟这样说过吧?"

"海龟?你知道那只海龟?"

良太用嘶哑的声音问道。然后一下子明白过来了,这个少女,不是也从海龟那里分到了时间吧?

少女点点头。

"我叫幸子。我也从海龟那里得到了时间。已经是好些年前了,一天一个小时,也是在这样的深夜里。"

"后来呢?"

"后来……"

幸子坐到了铺在地上的网子上。

"啊,别坐在这上面……"

见她坐到了他珍爱的网子上,良太正要发火,可见她坐得那么随便,不知怎么回事,自己也不生气了,也并排坐到了网子上。

"后来怎么样了呢?"

良太眨巴着眼睛,盯着少女。

"我用从海龟那里拿来的时间,每天晚上去见妈妈了。瞧,妈妈就在对面的岛上。"

幸子指着外面。漆黑的海那边就是岛。

"妈妈生病住进了岛上的医院。说是马上就能出院,可一直没能回来。"

幸子叹了口气。

"我想去见妈妈,妈妈怕我被传染上病,不让我去。我想一个人悄悄地去,可又没有钱坐船。一次,我在海边哭的时候,那个大海龟来了……"

幸子接下去讲了这样一个故事。

"哭什么哪?"

海龟问。

"想见妈、妈妈……"

一边抽噎着,幸子一边说出了原委。

"唔——"

海龟沉思了片刻,慢吞吞地抬起了脖子,这样说:

"那样的话,把我的时间分给你吧!半夜十二点开始的一个小时。这个时间里,你不管去什么地方,干什么,谁也不知道。"

"可是，怎么去岛上呢？半夜里又没有船。"

于是，海龟像个善解人意的老人似的，连连点头：

"哪里，只要在海上跑就行了。"

它说。

幸子张大了嘴巴，盯着海龟。海龟接着说：

"如果是在我的时间里就行。到那个岛，一直往前跑，也就是二十分钟。一个小时可以打一个来回呢。"

"……"

幸子的心沸腾起来，仿佛要有什么可怕的事情发生了似的。但是，就因为能够见到妈妈这一点，幸子就被海龟的话一点一点地吸引过去了。海龟接着说：

"不过，你一定要记住这两件事哟。我给你的时间，是别的人谁也不知道的时间。所以，尽管你能见到岛上的妈妈，但你妈妈是不知道的。不管你怎么大声地叫，她也是绝对不会知道的。还有另外一件事，如果到了岛上，必须一个小时之内返回来。万一你在海上跑的时候，时间到了，你就要掉到海里去了。"

"……"

幸子眼睛睁得老大，盯着海龟。海龟笑了。

"没什么好害怕的呀，不过是打个赌而已。我把时间白送给你。如果每天夜里你能准时回来，就算是你占了便宜。不过，如果你没有遵守时间，掉到海里了，我就占了便宜。"

"为什么？"

"还问为什么？海里有我的梦的世界啊。那是个透明的大坛子，一个磨得铮亮的玻璃坛子躺在海底。"

海龟陶醉般地眯上了眼睛。

"你就掉到那里头啦。从现在开始，我还要厌腻地活上好长时间。虽说是在岩石背后呼呼大睡，但美梦总是必要的。现在，我的梦坛子里，只有蓝色的水。如果一个漂亮的女孩子掉到了那里头，那有多快乐呀。一直到我死那天为止，你都会在梦里陪伴我了。"

幸子犹豫起来。

可这时，海对面的岛近得看上去伸手就够得着似的，跑几步就到了。当妈妈那让人思念的、苍白的脸浮现出来的时候，幸子下了决心。

"没事，我准行。海龟，请给我时间。"

就这样，幸子每天夜里去岛上。妈妈的医院在山冈上。石头台阶恰好是七十级，一座很大的建筑。幸子立刻就知道了，一楼从右面数第五扇窗户，就是妈妈的房间。那个眼熟的风铃，叮咚叮咚地响着。

幸子跑到那扇窗户的边上，朝里看去。白色的床上，睡着一个瘦瘦的女人。

"妈妈。"

幸子轻声唤道，可妈妈依旧一动不动地睡着。即使这样，幸子还是好开心啊。只看了妈妈的脸一眼，然后就气喘吁吁地跑下七十级台阶，全速跑过海上，虽然这只不过是短短的一个小时，可即使这样，幸子还是觉得有了那个海龟真好。

不过，没几天，幸子就开始巴望想个什么办法，让妈妈知道自己来过了。想把哪怕是一个小小的记号，留在窗子上。

有一回——那是夏祭的晚上吧，幸子提着过节的灯笼，去了岛上。她把那个红灯笼的灯点着了，挂到了窗框上。

（妈妈，幸子呀。幸子来过了呀。）

幸子冲着安睡的妈妈，轻轻地呼唤道。

往石头台阶下去的时候，幸子抬头朝医院看去。昏暗的小树丛的深处，灯笼像红色的酸浆果一样，成了亮着的一个小点儿。

从那以后，幸子每天晚上都在妈妈的窗子上点亮灯笼。妈妈确实是注意到了。为什么这么说呢？因为第二天幸子来的时候，灯笼总是灭的。一定是妈妈到了早上，轻轻地把它吹灭了吧。

不过，她觉得床上的妈妈一天比一天苍白、消瘦下去了。

后来有一天夜里，幸子到窗子下面一看，那个灯笼变成了一堆黑灰，掉到了地面。

（咦？）

幸子吃了一惊。

（妈妈今天早上忘了灭灯笼了。所以，才烧掉了。）

幸子战战兢兢地朝病房的窗子里窥去。

……

床上没有人。月光下，只有白白的枕头。

"妈妈！"

这样尖叫着，幸子冲进了医院里。打开一扇扇病房的门，朝里头瞅去。

"妈妈、妈妈、妈妈……"

从一楼到二楼，从二楼到三楼……幸子那大大的、但谁也不可能听到的声音，在长长的走廊里悲哀地回响。可是，偌大的医院里，什么地方也没有妈妈。抓住昏暗的楼梯的扶手，幸子这时清楚地知道，妈妈已经不在这个世界上了。

这时，疲惫不堪的幸子的脑海里，闪过了海龟的身影。

（啊，到时间了！）

幸子不顾一切地跑出了医院。然后，跑下七十级石头台阶，一跃跳到了海上。

月夜下的海面，像是铺上了一层布。幸子那啪嗒啪嗒的脚步声，在上面回荡着。

还差一点。很近了，海边灯塔的灯光透了出来，看得见防波堤那白色的线了。再跑那么几步！

可这时木屐的带子断了。啊，当知道不好了的时候，幸子的身体已经向前栽去，有气无力地沉到海里去了。

红色的腰带慢慢地在水里散开来了。气泡闪着光，朝上面升去。然后，幸子慢慢地向海底——海龟的梦里坠去。

"从那以后，过去多少年了呢？"

幸子叹了一口气。

"你说在海龟的梦里，那是怎样一种情形呢？"

良太问。

"寂静呀。热热的，黏黏的。对了，就像是在秋天晴朗的日子里晒太阳一样的感觉。

"四周的玻璃上,时不时地映出大船的影子。日光变成了绿色的舞蹈的少女,一圈接一圈地转着圈子。不知什么时候,还会有迷路的小鱼钻进来。

"——你好,幸子——鱼说。然后,在坛子里转上一圈。

"——保重呀,幸子——说完,它就出去了。

"暴风雨的时候,一个海螺闯了进来。白色的螺壳,正好成了我的螺号。我虽然每天都吹螺号,可你好像没有听见……非常好听的声音啊。

"不管怎么说,我满足了。我觉得比起住在没有妈妈的世界里,海底要幸福多了。比起人的时间来,待在海龟的时间里更安心。

"可就在不久之前,听到了你的大鼓声啊。咚、咚。然后,不知为什么,就怎么也静不下心来了。觉得已经忘了的事情,突然一下子又记起来了似的。还觉得有谁在叫我。这个时候,我才开始想回到原来的世界去了。被关在坛子里,寂寞得、寂寞得让人难以忍受了。所以,今天我才大着胆子来到了这里。"

"啊,是这样啊。"

良太说。

"从今天起,就一直待在这里好了。"

然而幸子却摇了摇头:

"你的时间,不是只有一个小时吗?只能一起说一个小时的话……而且,海龟睡着了做梦时,我是出不来的。最近这些日子,海龟一天到晚总是睡不醒。"

这时,幸子的身影从良太的眼前消失了。钟第二次敲响了十二

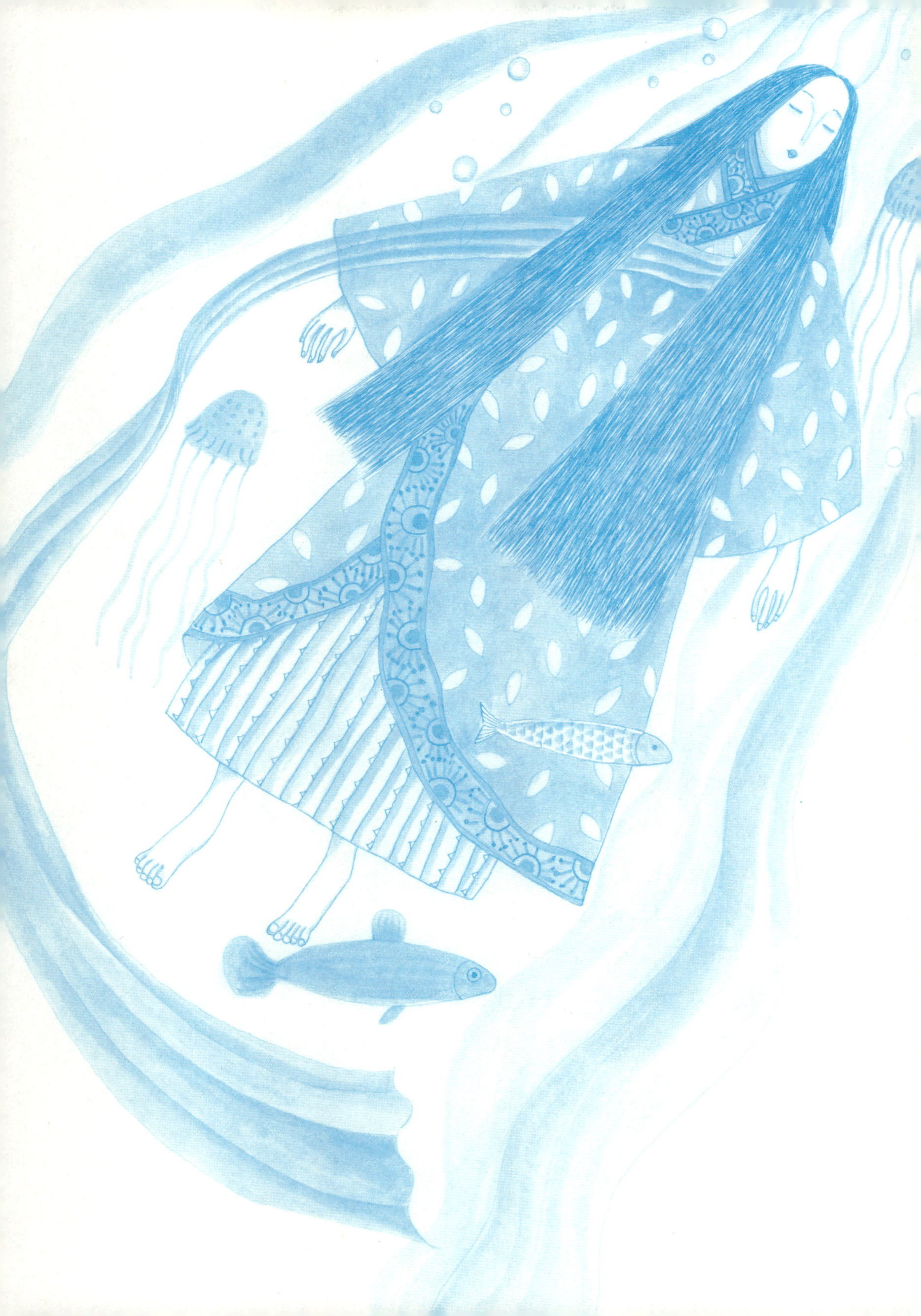

点，从洞开的小屋的门口，月光悠悠地射了进来。

<h2 style="text-align:center">4</h2>

从那以后，良太就是在为幸子敲大鼓了。夏祭什么的，全都忘到了脑后，只是为了能让幸子听到、为了呼唤幸子在敲了。

咚咚咚、咚咚咚。

那是"我会救你的，我会救你的"的声音。

然后，良太常常停下敲大鼓的手，竖耳倾听。于是，夹杂着远远的波浪的声音，他听到了微弱的螺号的声音。那的确像是螺号的声音，高亢而又嘶哑。在良太听来，那就像是幸子细细的叫喊声。

一天早上，良太到岩石背后，大着胆子招呼起海龟来了：

"喂，海龟，在睡觉吗……睡觉的时候，做了什么样的梦呀……一定是女孩子的梦吧，系着红腰带的女孩子的梦吧？"

海龟吃惊地仰起脖子，嘟哝道：

"啊呀，知道得一清二楚呢。"

"那个梦有意思吗？"

"啊，不，已经腻透了。"

"那样的话，就换个梦吧！"

"换个梦？唔，其他还有什么梦呢？"

"大鱼的梦、海鸥的梦、彩虹的梦什么的，有意思的梦，不有的是吗？"

海龟伤心地说：

"实话对你说，我连做梦都厌倦了。"

"啊，那样的话——"

良太蹲到了海龟的边上。

"能把待在你梦里的女孩子还给我吗？"

海龟闭着眼睛，这样回答道：

"女孩子？怎么还给你啊？"

"怎么还给我？"

良太怒视着海龟，不由得大声叫了起来：

"那孩子，不是被你关到海里的吗？"

海龟垂下头，嘟囔了一声：

"可是，我也不知道啊。一下子关到梦里了的东西，怎么才能救出来呢？"

"真、真的？"

"啊，我干了坏事呢。"

良太瞪圆了眼睛，愤怒地瞅着海龟，可没一会儿，就把紧紧攥着的拳头轻轻地松开了。然后，像是横下了一条心似的说：

"那样的话，你干脆把我也放到你的梦里！一百年出不来也没关系。我和那孩子一起住在海底哟。"

听了这话，海龟才头一次把眼睛睁得老大。然后，直勾勾地瞅着良太，用坚决而低沉的声音这样说道：

"那可不行呀。好好的小伙子，可不能干那样的事呀。"

"那么，怎么办呢？"

"还是……让我来想个法子吧。"

"有办法吗？"

"啊。只有一个。对了,请等到夏祭的晚上。"

"夏祭?"

良太算起夏祭的日子来了。

"还有一、二、三,还要等三天吗?"

海龟点点头,眼睛里一下充满了悲伤,然后嘟囔了一声:

"夏祭日的夜长着呢!"

说完了,海龟就把脖子缩了回去,任良太怎么叫,它像石头一样动也不动了。

5

夏祭在大鼓声中开始了。

太阳还老高,村子里的年轻人就在海边搭起的台子上轮流敲起了大鼓。那声音,随风飘到了邻村,然后飘到了遥远的海角。

但是,那里不见良太的身影。以夏祭为目标,那么一阵猛练的良太,这会儿正坐在昏暗的小屋里,苦苦地思索着。

(说今天幸子会回来,是真的吗?)

良太想起了上次海龟说的话。

(说我来想个法子吧,那不会是说谎吧……)

舞蹈的唱片高声响了起来。烟花"砰"地升了起来。

"良太。"老奶奶叫道,"今天你不扎上头巾,去敲大鼓吗?"

良太一声不吭。良太想,莫非说也许我是在梦里见到幸子的?可是,他又觉得小屋的门就会被推开,梳着辫子的少女就会冲进来似的。

天黑了，大鼓的声音更加响亮了，海边布满了灯笼。今天是跳个通宵的日子啊。

可尽管如此，良太还是蹲坐在那里。他想，等到了夜里十二点，还像往常一样敲大鼓。现在的良太想，自己只会为了只属于他和幸子两个人的时间——其他的人谁也不知道的时间才敲响大鼓。

不久，钟敲响了十二点。

"好！"

良太扎上了头巾。然后，用力敲起了大鼓。

咚、咚咚咚咚。

那声音震得良太的心直颤。"我会救你的！我会救你的！"大鼓的声音回荡着。连续敲了有多长时间呢？良太突然听到后门传来了吵吵嚷嚷的人的声音。回头一看，天啊，门口挤了一堆人。

"良太，敲得不错嘛！"

"为什么不到台上去敲啊？"

"是呀，别待在这里了，外面去、外面去。"

良太目瞪口呆地站在了那里，然后，才呆呆地问：

"你们听到我、我的大鼓声了？"

人们哄地笑起来。然后，簇拥着良太，把他从小屋子里推了出来。

"好了好了，敲得好的人，要到高的地方去敲啊！"

既然已经被带到海边、推到了台子上，良太只好一边翻着白眼，一边敲起了大鼓。人们和着鼓点儿，开始跳起舞来。舞蹈的圈子变成了两圈，变成了三圈，眼看着变得大了起来。大鼓的声音愈是响，舞跳得愈是疯狂；大鼓的声音愈是轻，舞跳得愈是轻巧……人们像是醉了似的，如同一群随着大鼓声起舞的木偶。一边敲大鼓，良太一遍又一遍地在心里说：

（为什么大伙儿能听到我的大鼓声呢？）

那吃惊的程度，就和上次幸子突然进到小屋子里时一样。

（那时候，我也想，幸子怎么会听到大鼓的声音呢？）

接着，就在这时，良太的心猛地一抖。

（对啦！今天晚上，海龟把时间给了村子里的人啦。啊啊，对啦。肯定是这么回事。）

良太咚咚地敲着大鼓。

现在，整个世界上只有一个地方，就是这个海边被完完全全地裹在不可思议的时间里了。这个被红灯笼照亮的跳舞场的吵嚷声，别的村子根本就听不见。海龟上次说过的话，又浮现在了良太的心里。

——夏祭日的夜长着呢！

他想起了那时海龟那悲伤的眼睛。良太不由得把手停了下来。舞蹈的人们一下子停住了，仰头看着良太，叫道：

"为什么不敲了？"

"继续、继续！"

没办法，良太只好又敲了下去。和着大鼓声，海龟的身影和幸子的脸，一一在良太的脑海里闪过。没一会儿，良太就兴奋起来了，整个身体都燃烧起来了。可昏头昏脑的良太还在想：

（现在几点了……）

良太小屋的旧钟,肯定早就已经过了半夜一点。岂止是一点啊,也许天都快亮了。但是,海上漆黑一片。不管过了多久,也是漆黑一片。因为海龟把那么长的珍贵的时间,全都给了在这里跳舞的人们。

然后,良太又继续敲了多长时间的大鼓呢?突然清醒过来,四下已经开始发白了。灯笼的灯光,淹没在了朝阳的光芒之中。水平线变成了玫瑰色,岸边成了银色。

良太终于看清楚了那些跳舞的人的脸。那是杂货店的老板娘,这边是渔夫五平,他后面是自己家里的老奶奶,老奶奶后面的、用毛巾包住双颊的是豆腐店的老爷子,然后,站在最大的舞蹈的圈子当中的良太,看到外边红腰带一闪,看到了晃动着的长辫子。

(幸——子!)

良太不敲大鼓了,呆呆地伫立在那里。舞蹈的圈子乱掉了,人们一边擦汗,一边喘着粗气,一边七嘴八舌地说道:

"啊,总算是跳完了。"

"可不,跳了好久。"

"觉得像是跳了十天似的。"

"全是因为那个大鼓。"

"还是头一次听到那么出色的鼓声。"

"良太确实是村里的第一名啊。"

这时,良太已经不在台上了。他跳到沙滩上,拉住了确确实实出现在自己眼前的幸子的手。

"幸子,真是幸子吧?"

"嗯嗯,海龟的梦消失啦。我确实回来啦。"

然后,两个人急忙向那块岩石背后奔去。

海龟一动不动地趴在原来的地方。不过,已经不再呼吸了。

将近一百年的寿命,一个晚上就全都用完了,海龟静静地死了。

什么事也没有,村里的又一个早上开始了。

风与树的歌

作者 _ [日] 安房直子　　译者 _ 彭懿

产品经理 _ 吴亚雯　　装帧设计 _ 廖淑芳　　产品总监 _ 周颖琪
技术编辑 _ 顾逸飞　　责任印制 _ 刘世乐　　出品人 _ 王誉

营销团队 _ 张超、宋嘉文

鸣谢

鸟川芥　王佳梦依　王国荣　王雪

果麦
www.guomai.cn

以 微 小 的 力 量 推 动 文 明

图书在版编目（CIP）数据

风与树的歌 /（日）安房直子著；彭懿译. -- 上海：
少年儿童出版社，2024.9. --（安房直子经典童话）.
ISBN 978-7-5589-2024-0

Ⅰ．I313.88

中国国家版本馆CIP数据核字第20247U5G42号

著作权合同登记号　图字：09-2024-0369
KAZE TO KI NO UTA
By Naoko AWA
Copyright © 2006 by Naoko AWA
First published in Japan in 1972 by Jitsugyo No Nihon Sha Ltd.
This edition originally published by KAISEI-SHA Publishing Co., Ltd.
Simplified Chinese translation rights arranged with KAISEI-SHA Publishing Co., Ltd.
through Japan Foreign-Rights Centre / Bardon-Chinese Media Agency

安房直子经典童话
风与树的歌
[日] 安房直子 著
彭　懿 译

俞　理　封面图
孔红梅　插　图

责任编辑　叶　蔚　　美术编辑　施喆菁
责任校对　黄　岚　　技术编辑　许　辉

出版发行　上海少年儿童出版社有限公司
地址　上海市闵行区号景路159弄B座5-6层　邮编 201101
印刷　天津市豪迈印务有限公司
开本 710×960　1/16　印张 9　字数 92千字
2024年9月第1版　2024年9月第1次印刷
ISBN 978-7-5589-2024-0 / I.5266
定价 35.00 元

版权所有　侵权必究